全国林草
诗歌大赛

获奖作品选

跳动的音符

国家林业和草原局宣传中心 编

中国林草出版社
China Forestry Publishing House

为最美林草人点赞（代序）

一首诗，就是一座山；一首歌，就是一条河。

2022 年，是党和国家历史上极为重要的一年。

国家林业和草原局宣传中心贯彻落实习近平生态文明思想，多措并举，发挥优势，举办了几个有意义的全国大赛活动，用文学和镜头的表现形式，高歌林草行业新鲜事、感人事，描绘了大美林草，推动了林草事业高质量发展。

森林和草原，是生态文明建设的重要组成部分，同时也是生态文学的富矿，有取之不尽的创作素材，我们倡导那些有情怀感兴趣的著名作家、诗人和艺术家，深入林草行业这个文学艺术"宝藏"，定会有意想不到收获。

一本书，就是一个精彩的世界。

摆在面前的这套图书，是国家林业和草原局宣传中心精心组织举办的"我自豪，我是中国林草人"全国林草故事征文大赛和"奋进新征程　建功新时代"全国林草诗歌大赛及"最美湿地"全国摄影大赛活动评选出的作品集，以"跳动的音符""舞动的旋律""灵动的湿地"分别作为这三本作品集的书名，文学色彩较为浓厚，甚至给人耳目一新的感觉。单从形式看，我们将内容和体裁截然不同的三本作品放一起出版，似乎超出常规。可是，我们的初衷，就让人感到与众不同。三本作品集，是三种不同表现林草辉煌成就的创作形式。一本林草故事，一本林草诗歌，一本摄影作品，主题鲜明，形式多样，别出心裁，读者可以在读这些作品时，顺便再看一看美图美景，养身又养眼。

纵观这套作品集，是全国部分作家、诗人和艺术家借助大赛活动的平台，竭尽所能地，全身心地，全方位地，多角度地，立体感地描绘新时代新征程中林草行业恢弘气象，展现林草人坚持不懈、顽强奋斗、无怨无悔、勇往直前的精神风貌。可以说，抒写得有力有度，有张有弛，有刚有柔。

林业和草原事业，是生态文明建设主力军，也是值得大书特书的行业，越来越受到人们青睐和关注。以林草为主题的文学大赛，参加人数多，影响大，吸引了一大批全国著名作家、诗人和摄影艺术家参与其中，中国作家协会会员就有53位，还有38

位中国诗歌学会会员和 127 位省级作家协会会员以及中国摄影家协会会员。这么多著名作家、诗人和摄影艺术家参与支持，并向我们呈现出一个个精彩林草故事，一首首优美林草诗歌，一幅幅美轮美奂摄影作品，对我们是极大的支持和鼓励，也给大赛增色添彩。更让我们感到欣喜的是，在大赛活动中，有上至七十多岁老人，下至十多岁小孩，他们中有一些是高校老师、在校学生，还有一些是机关干部和基层群众，他们不辞辛劳地深入到美丽的国家公园、广袤的大草原、茫茫的沙漠和郁郁葱葱的国有林场……感受和体会林草事业蓬勃发展的喜人景象，并撰写和拍摄出一大批优秀的文学和摄影作品，这是一个了不起的宣传群体，说明我们的林草宣传事业凝聚了更多力量来关注支持林草事业，共建共享美丽中国。更值一提的是，我们林草行业的作者，大部分是一些业余爱好者，当然无法跟那些专业作家和摄影家相提并论，作品还显得有些幼稚，甚至相当不成熟，但从字里行间以及镜头里的画面，我们能感受到他们在用心用情地抒发着自己的情感，作品带有泥土的芬芳，殊感钦佩。

致敬那些有情怀的作家、诗人和艺术家们，他们不辞辛劳地奔波在国家公园、自然保护地、草原、湿地和沙漠基层一线，用脚步丈量林草事业的漫漫征程，用目光注视由浅黄变深绿的林草美好图景，用饱满的激情，书写党的十八大以来林草事业的辉煌成就和感人故事，用手中的神来之笔，豪情万丈地描绘祖国的一山一水，一草一木，一沟一峁，一景一物，一人一事。

"文章合为时而著，歌诗合为事而作。"

森林和草原，是生命的图腾。作家、诗人和艺术家们，用最真挚的情感，一字字、一句句、一行行、一首首、一幅幅，竭尽所能地抒写着林草人的骨气、硬气、豪气和帅气，把林草行业中呈现出的新风尚、新气派、新事物、新景象，表现得淋漓尽致。无论是故事、诗歌还是摄影作品，接地气，有温度，有深度，有高度，有厚度。特别是林草人自己创作的作品，情感真挚，表现有力，在文学万花丛中，形成一道不一样的风景，开放出不一样的花朵，绚丽多姿，光彩夺目。

编者

2024 年 1 月

目录

为最美林草人点赞（代序）

草木中国十二帖

王爱民

男，1968年生，辽宁营口人，中国作家协会会员，《辽河》文学杂志主编，诗修行者。作品刊登于省级以上报刊，多次获国家级诗赛一等奖等奖项。出版《我是人间草木》等诗集、散文集。

第一帖：

在草字头木字旁的中国行走

用行书，不紧不慢一路行来

用草书，写出绿油油的草色

为大地，按下一枚枚指纹

在草字头木字旁的中国行走

用偏旁部首排兵布阵，用根须结绳记事

花朵打开了锦囊，溪水念经，虫声洗面

一片叶子，是驰骋的江山

跟着一条河踏青去，一会就走成了

一粒花粉，一只蜜蜂的针尖

第二帖：

用一角蓝天，蘸着湖水写

每天，从宽大的叶子上醒来，跟最小的一朵花说话

铺开绿油油的大地，写一封信

给山，给水，给古老的水杉、银杏

就用山上的一棵树做笔，蘸着湖水写

写出阔叶林的辽阔，写出针叶林的扎心

遍地草木怀悲悯之心

青山高大，小溪时有惊人之语

第三帖：

蜜蜂蝴蝶打开翅膀，满纸花香

一推开山外青山，绿就到了袖口

溪水，在系舟处，眼睛突然亮了一下

鸟鸣是一句，蝉鸣是一句，蛐蛐叫是心跳的一句

树叶亮出掌纹，露珠像眼泪

萤火一路跟随，写出的星星很亮

笔尖泛绿，蜜蜂蝴蝶打开了翅膀，满纸花香

回家的羊，走在一行行比喻句子里

走成了第一人称

落满了故乡三千里月色，灯火不凉

第四帖：

我的笔，像啄木鸟敲着木鱼

写在湖面，一尾鱼吻醒睡莲

天地间，我一一唤醒并抚摸草木的名字

拄着山间木头拐杖，草药用风望闻问切

山顶上摸天，摸到一片蓝

我的笔，像啄木鸟敲着木鱼

蚂蚁爱上了抬头看天，小幸福顶得上半个江山

第五帖：

一朵垂云向信纸倒卷而来

杯盏里晚来风驻，洗去一天的尘嚣

轻舠为月亮埋下了伏笔

远山是我写信的窗台，岚烟将我一点点覆盖

把深还给夜色，我比灯更明亮一些

一只果子，懒懒滚落脚下

树下坐着，一块石头转绿

一朵垂云向信纸倒卷而来，眼睛亮于溪水

用天籁之音修行，清风双手合十

第六帖：
在叶子上给远方的人写信

行云流水到此拐弯，一年年山黄了又绿

在叶子上给远方的人写信

让一封信替我说出花香里的鸟语

山水课里有美学，适于大声朗读

一只鸟飞起，一片树叶落地

夕阳昨日安好，第二日重临人间

第七帖：
铃铛草在信纸上慢慢摇晃

小心情像铃铛草，在信纸上慢慢摇晃

慢慢把时光放下

空气很慢，行人很慢

花朵一低头，内心的风声很慢

读到一半的信，也慢慢来

花香慢，用一生慢慢地爱山水

手心里的河流慢，湖水慢，花事缭绕

树影婆娑，是沉入杯底的茶

第八帖：

看青山如书卷

在中国的一片片叶子上里行走

文字像一只沾满花香的昆虫，埋头草丛

白天忙于搬运阳光、空气和水

夜晚发光，自己把自己照亮

在水边，一不小心，会成为一株弯向水面的树

歌声余音不了，看青山如书卷

第九帖：

穿过一片文字森林，去看你

我要穿过一片文字的森林，去看你

看躲在山水后面的你，藏着多少白云

远山做了近山的回声，最远处，有最近的你

醉倒在一棵千年红豆树下，结出沉香

像两片叶挨着，用你的小名，喊疼你的秘密

行囊里的留言在纸上，会很长很长

第十帖：

谁用鸟声爱着，森林湖泊就是谁的

男人可为树，女人可为花，可拈花一笑

一滴水在此转世，鸟声里有十万水滴

谁用鸟声爱着，森林湖泊就是谁的

第十一帖：
凉亭内一把椅子，云来坐
种子落到肩头，袖口携三两枝桃花
发间散着青草的气息

给春风侧身让路，一条道走到山顶
凉亭内一把椅子，云来坐

第十二帖：
美有更大的留白，点破流水
藤萝顺一棵大树，向上攀登，仿佛旧时光新生
古树葱茏，替大地，举一举天空

远山更在远山外，美有更大的留白，点破流水
一只大熊猫熟悉我，跟我交换内心的绿
一棵水草，领走一池星星

叶 子

李云亮

笔名云亮，男，1966年生，山东济南人，中国作家协会会员。作品刊登于省级以上刊物，著有诗集《想给父亲做一回父亲》、长篇小说《媳妇》等。

1

树的意义全在叶子上

没有叶子

光秃秃的树干扎得我们心疼

从贫瘠的田埂归来

我们夜夜梦见阳光

梦见阳光缠上手指

在床上，我们温暖地打一个翻身

还是阳光理解我们

一大早就起来

在树上不知疲倦地爬上爬下

终于爬出了效果

终于把树爬得生动起来

几乎在同一个早晨

我们撞上叶子诞生的消息

以后的日子我们总想着出来走走

总想来树下做一个慈祥的姿势

像探望久别的孩子一样

用亲切的目光抚摸它们

每次见到叶子健康的模样

我们都掩饰不住心头的兴奋

就这样，叶子在我们暖意的牵挂中

绿绿地拓展出自己的空间

我们在绿色的天空下乘凉、避雨

或者做一些令我们心动的标记

这是叶子对我们的报答

抬头仰望的时刻，叶子会心地一笑

我们便看见了幸福

2

满树叶子，通过树干

把大地的秘密呈现出来

走在路上，被周围的景色感动

我们正走向大地的内部

风使满树叶子四散奔逃

但它们跑不出树枝

树枝跑不出树干，树干跑不出树根

树根是深深植入大地的血管

来到树下，满树叶子遮天蔽日

仿佛是在夜里

仿佛我们早已抵达大地的内部

耳朵里满是大地心脏的跳动

和血液流淌的声音

闭上眼睛

记忆猛然被满树叶子挤满了

我们心平气和地倚在树身

任一片片来自大地内部的叶子

轻轻把我们覆盖

3

树在摇曳。它要将日子摇出些声色

一阵风，一股突如其来的力量

我听见树的血液哗哗流淌

再没有比风更能使树激动不安的了

一簇紧密团结的叶子

一双双含满阳光、雨露的眼睛

风来的时候它们看见了什么

树在摇曳

日子多像悬在树枝上的叶子

只有晃动

我们才能体会到它起伏不定的意味

解救春天的人
——致"七一勋章"获得者石光银

武　丽

女，1980年生，陕西定边人，榆林市"百优"人才，中国诗歌学会会员，陕西省作家协会会员。作品刊登于《诗刊》《延河》等刊物，出版《雪意长城》《如梦令》《明镜》《定边县林业志》等，多次获省级以上奖项。

1

生在毛乌素的南部，长在千年冷风穿梭的地方

为了躲避风沙的迫害，搬家九次，是他的童年

七岁时，他被沙尘暴卷到内蒙古，三十里的路上

他跑不过黑暗的漩涡，黄沙压着他的心脏

倒在沙堆里的他，被一个牧人救活

沙暴的爪牙掳走了他的小邻居，无影无踪无尸骨

"沙子吃人不见血，我要找回小伙伴"

童心被风撕裂，幼小的情义在裂缝中扎根生长

他哭着要从冰冷千年的沙漠里，找回小生命

相似于，埋伏一把种子，一天天簇生

在死寂的沙海里，生出魂魄的形状

2

十八岁，他向沙漠进军。一杆红旗，扬起燃烧的魂焰

一把铁锹，是英雄的长矛、长剑和长枪

沙坑里澄出来的水，干硬的沙蓬馍，是他的军粮

柳条和塑料布搭的小沙坑，是他的军帐

六级以上的大风刮了几百次，这一战

相似于一个人，面对百万敌骑，以骨御风

一腔热血撒出去，再攒一腔，扑向冰冷

热血撒过，总有花朵盛开，蝶形的悲怆

在沙的旱季，与风作斗。哭一次，证明内心的绝唱

要多少决斗的战士，才能把肆虐从风的内部根除

失败多了，悲情都能结成大网，绑缚无情的风

这一战，从青涩到白发，成功只比失败多出一个胜仗

解救春天的人，用障蔽法布阵，点兵沙场

每一株草木，皆是悲壮的士兵

每一步挺进，每一步流汗

才能把每一处暴沙变成温良

每一回洒泪，每一回流血，失色的草木才能穿过荒凉

一大片一大片，复活在春天回来的征途上

3

长，50 余公里；宽，10 余公里

20 余万株草木，相似于 20 余万精兵

在沙漠的背面，缴获冰冷

绿色长城，劝和千年的冷漠，飞沙走石低下了头颅

借着绿叶的姿态，复活了风的温柔

把轻盈，装进孩童放飞的风筝里

在春雨的背面，收集盎然的诗意

固沙成景，修路，建校，扶贫济困

人与自然，和谐相处的先觉意识

在上百个七岁孩童的读书声中，琅琅醉人

相似于无限的人，解救春风，走进新春时代

4

在冰冷千年的沙漠里，解救春天的人，是英雄

心里没有自己的人，给众生温暖的人，佩戴勋章

每一个亮出红色旗帜的人，蓝天都给予回音

八步沙

陈思侠

笔名西域砍柴，男，1969 年生，甘肃玉门人，首席记者，中国作家协会会员。出版有诗歌集《雪坂上的白马》《我指给你看酒泉的春天》《凿空》等。曾获甘肃省第八届敦煌文艺奖。

八步沙（一）

再一次，把一株纤细的梭梭苗埋下去
一瓢水，没有声息就干了。他们多想
自己是祁连山顶的一粒雪、一座冰山

是一条永不止息的咆哮的石羊河啊！

粗糙的双手上，裂开的伤痕
像枯裂的老树皮，可六个老汉一个个
都是八步沙护佑生命的地菩萨

这里是家园啊，他们咽下黄沙

但是眼睛里，分明有清澈的绿色

疾风知劲草。一簇梭梭草

一抹绿，让浩瀚的腾格里沙漠

这匹脱缰的野马，开始回归

石满老汉

清风吹过梭梭林，有声音在呼唤

石满，党员；党员，石满

年过半辈的党员石满，是第一个

倡议签盟治沙的领头人

他摁下指印的那一天

古浪乡村里的沙枣树，抽了新枝

他积累成疾倒下的那一天

盛夏的乌鞘岭，飘了一夜雪花

住地窝子的石满，吃炒面饮冷水的石满

把自己打成了麦草织网格

把自己种成了八步沙的一棵树

荒漠林海里，每一株梭梭

都是有灵魂的。它们清晨托举的露珠

就是石满老汉的一滴汗、一滴血

石满老汉倒下的地方

沙丘轰然跪下了

贺发林

肝痛越来越强烈的时候，他明白

这一辈子，就交给八步沙了

他半蹲着，他跪下，在土门镇

这个汉子只为一棵树，跪天地

生养自己的家乡，没有树

谁来守卫金色的油菜花，谁能够

聆听沃野上向日葵的歌唱

疼痛加剧了。贺发林把接力棒

交给了儿子贺忠祥——

活着，咱是一棵树

死了，也是绿色屏障

八步沙（二）

一株梭梭苗的歌声，从六老汉的
身体里飞出来。就像多年不见的云雀
让一座村庄，有了呼吸的生气

天尚黑。古浪道上
急促的脚步声，和六颗怦怦的心跳
让沉甸甸压枝的枸杞和红枣
两腮红了

日子会越过越甜。因为八步沙
绿色梦在一寸寸延伸
就像黎明前，手持灯盏的人
手里提了花篮和水桶

三代人了。你说，人世间
有没有比这生长得更伟岸的坐标呢
哪一棵树，不是他们血性的碑铭呢

梭梭不是草。这种逆风而立的灌木
有着金属一样的骨骼，坚硬地诠释了
八步沙的人生，有昼夜淬火的回音

林场人的诗意征程

庄海君

男，1983 年生，广东海陆丰人，中国作家协会会员，汕尾市作家协会副主席。作品刊登于《诗刊》《中国校园文学》《星星诗刊》《散文诗》《诗歌月刊》等刊物，著有诗集《十个太阳》《我们一生》《海陆散曲》等。

选择一个时辰，到林子里去

喊一条溪流回家

绿色的浪涛追着风声

气息一片一片地渗透

来不及推开鸟鸣与落影

尽把心情放牧，四处回望

在奇花异草的眼里

在一棵树的故事里

山峦一直在奔跑，喊不出的名字

也在指间的黄昏里起伏

翻阅日子

或古木参天，或怪石嶙峋

还有这一片土地

内心宁静，沉默万分

伸出双手，接住天空的倒影

无意触摸桫椤发出的声音

千载的时光伴着风声

迎面吹来，所有经过的脉络

都是砥砺前行的日子

天空之下，

我们都是这个时代的奋进者

开启了一段又一段旅程

路上的风景一直都在

占据着山上的时间

想象，从遇见这片林场开始

前行中，我们把花草融成言语

任万物生长，如同雨中的往事

喊出名字，或站成季节的色彩

那些背影渐渐清晰起来

我们还在，也没有忘却心中的信念

一行鹰影过后，林场安宁如镜

黄昏仿佛有了日子的形状

拖长回家的路，甚至陷入了寂静

梅林的故事，被行人传播着

香樟树静默着，一直在后退

风吹竹音，如月光落满一地

白芒草还在述说，背向故乡

时光透过诗间，慢了下来

守候这里，更多的时候

我们的生活有了更高的弧度

二等奖

行走在科尔沁草原

古　越

本名杨东旭，男，1959 年生，北京延庆人，北京市延庆区作家协会、诗词学会会员，北京民间文艺家协会会员。在各类刊物发表作品百余万字，出版《古韵·延庆》等。多次获市、区级征文比赛奖项。

一匹灰色的马从科尔沁草原飘过

像滚过草原的一股旋风

把一片沉睡的绿草搅醒

我在暗中祈祷不要伤及它们

那是草原的生命，也是我们的明天

其实，马比我更珍惜那片草原

它们的父母以及更早的前辈都生活在这里

它们视草如命

偶尔踩断几棵

只是为了巡视一下自己的院落

它回头对我笑笑

随着一声响亮的嘶鸣惊雷般滚过

高高扬起的马鬃如飞流直下

那一刻，让我想到了黄河的气势

想起了自己小时候在草地上玩耍的样子

置身于科尔沁草原深处

嗅着绿草茵茵的清香

聆听马铃铛发出的悦耳清音

如唢呐般嘹亮，马蹄琴般悠扬……

它们告诉了我什么叫天籁之音

凝视穷极视野的科尔沁草原

马的影子已被晨曦里的雾气淹没

就像当年的哈萨尔随着哥哥远去

造箭的火炉也被岁月熄灭

成了一段远古的记忆……

马走过的地方

留下了一串深深的脚印

像嵌在草地上的文字

给古老的科尔沁草原留下了一段清晰脉络

在慢慢光阴里

见证着草原的深邃意境

远远看到一片蒙古包

安详的样子

亦如嵌在草原上的马蹄印子

讲述着科尔沁人漫长的流徙过程

绵延不绝的历史脉络

耳畔有风吹过

从马背上飘来

携着青草的浓浓香气

扬起了远处的经幡

烈烈声音里

在向我们讲述一段科尔沁草原的故事

二等奖

草原断章

何兆轮

本名何棹伦，男，1970年生，满族，辽宁锦州凌海人，中国作家协会会员，辽宁省金融作家协会副主席，一级作家。作品在国内外百余家文学期刊（机构）发表、转载和获奖，部分被译成英、俄等文字；著有诗集4部，编著诗选1部。

1

鼾声推倒晚风，草浪打湿枕边的梦。

小小的油灯，一只挣扎的萤火虫，喊着贪睡的星子，搭救草尖上的一缕微光，从旷野中辨识夜行者的脚印。

可是，谁也听不见呀，夜就拴住了马的啼音和嘶鸣——

跌跌撞撞的途中，该对迷路的人说些什么呢？

月光下，女人搂着孩子，草原那么安静。

唯有小小的花蕾，蕴含着风暴……

2

枣红马是草原不落的日头。

摇响神圣的铃铛，叫醒每株小草和天边唯一的火焰。

马背上的小姑娘，一伸腰就探出明媚亮丽的脸颊，恰似一朵红云飘上蓝天，缓缓漫过戈壁和沙漠——

幸福原来如此简单。

听铃铛的清音，一如草尖上的露珠。

颤巍巍地落下来，让我发现生活小小的破绽。

3

大片漂移的云彩，从来没有牢笼与栅栏。

年轻的马群和羊群，从来也没有历史狼烟征战的疲倦。

辽远的地平线，永远是草原人最稳的马鞍；蓝天的后裔，生生不息繁衍着一代天骄的儿女。

敕勒川，阴山下。爱和恨拉满黎明的大弓，射出勇敢和彪悍……

这就是成吉思汗血脉嫡传的性格。

但有时灵魂的悲壮，不一定发出巨大的声音。

4

微风，薄薄的纱裙，梦是裸露的。守夜人的呼吸，点一盏灯的呓语，悠扬的马头琴就由远及近了。

如果这里有菩萨和神明的眷顾，此处肯定居住着勤劳朴素的民族，日夜淘洗疾风与砂粒，一声"芝麻开门"，梦里堆满黄金——

然而，枕着无垠的麦浪，我像一只酣睡的船，与草原人同样没有过分的奢求。独自放逐幻想和流云，再次把梦引渡，夕阳成为暮霭中最后一个醉鬼。

采一掬岁月的清淡，烧一壶大地的芳香。

风吹草低，听得见生命不倦的浪花。

5

春天，嫩嫩的青，像草原的乳婴吐露新牙。

有水的地方，是苇草的摇篮。随风跑远的孩子，摸得到红碱淖尔湖的去向；跟着野鸟飞翔，就听见了乌梁素海畔上苇编的歌谣。

秋天，长高的苇摇着翘翘的辫子，成熟的芦花耐不住寂寞，飘出塞外的书笺。此时，娘的怀里，苇啊！远走天涯——

乡愁就像这一生放不下的唢呐，吹干一腔泪水。

想家的女儿，节节眺望，一直把心思挖空。

6

高粱红，玉米黄，谁把羞涩藏在科尔沁的怀抱里——

高高的柴垛，家狗蹲在门口，还有日夜厮守黄榆的白鹤，为简单的幸福而群居，一代代生儿育女，采回青草和麦香。

我的赞美从内心降临，馋嘴猫叼走晒绳上的干鱼，日子却一声不响。隔壁淘气的孩子沾着满身泥巴，一咕噜爬上童年记忆的枣树。

秋虫睡觉了，母羊生下乳羔。咩的一声，小小的犄角，似乎要把大地摇晃。

风沙稍息。五月怀胎的秋天，头一次做了母亲。

圆圆的奶子，一如悬在头顶的月亮……

7

世间，没有什么事物可以这样比喻——

比雪更一尘不染，甚至比白更鄙视欲望和贪婪。

只要在草原上，遇见身披大雪的白马，皆可媲美纯洁无瑕的女人。看它高贵的样子，即使贫穷也会变得富有。

如果静下心，望一望白马的眸子，万物蜷伏的季节，就像喝一场滋润的小雨抽出青芒，摇曳麦穗嫩嫩的身骨，广袤碧野日渐丰盈。

听禾苗拔节的声音，腰就疼了，妻也瘦成一缕晚炊。

倔强的白马，啃不光落日的余晖不想回家。

白马不出青稞子，我的夜呀就迟迟不肯黑下来……

8

听不够少女美好的歌唱，犹如一条爬虫痒着我的喉咙。云彩为谁落下，怀春的石头长出翅膀。

徜徉草坝上，如果你喜欢这首情歌，一定要丢下粗暴的皮鞭，穿过牧场与胡杨的围障，去寻找心上日思夜念的美人。

当小河搂着待嫁的新娘，遥想古儿别速无眠的香枕和闺房，滚落风铃的露水，悄然叩开哑巴的心扉——

山听懂了，水听懂了，布谷也学着叫了三声。

怎奈，火辣辣的夕阳下，羞于露面的人没有勇气。

只好装扮成春天里，一只傍晚走失的羊。

9

草原的乳房，酿出每一桶甘泉；青稞子的气息，拴住我嗅觉。

远远望去，漫无边际的草原如一席绿色的毛毯，充满着牛和羊踏春的诱惑，稍有迟疑就可能喊不回来。

或者盘坐毡房，跟异乡人谈心，醇香的奶酒就可能喝醉两匹野马——

常言道："人生得意须尽欢，莫使金樽空对月。"

于是，蹩脚的舌头，一下子丢了缰绳，大碗的奶酒映着蓝天和白云，一眼就盯得见感情的深浅……

醉倒了是英雄，碰人婆娘不是好汉。

10

上马的时候，悟出骆驼的悲哀。

九匹马和它们的梦，牵着光脚的女孩。我是树精啊，给海戈壁的印象，同样走进草原诗人安谧的梦里。

望着枣红马，我满足了，完成一生的壮举，腾格里大漠便瞬间响起追梦者的足音——

唱着骏马引可以走了，前生我是草原上勇敢的骑兵。

哦，我深爱这片土，泪珠和晚风，带明月回家 ……

山水散曲

蔡静修

本名蔡秀花，女，1991 年生，广东汕尾人。作品刊登于《诗刊》《中华辞赋》等报刊，入选多种诗歌选本。获中国诗歌学会举办的巩义杜甫国际诗歌征文大赛一等奖等奖项。

在长白山，雾凇是晶莹的词

风将所有的白，吹到了长白山

为每一棵雾凇包裹的树，配上了结晶的修饰词

只有它们，才配得上时光的修剪，发出哔剥的声音

人非草木，这时的我，情感饱满，诗意充沛

是的，柳树结银花，松树绽银菊

就连积雪，都挂上了我抒写的笔尖

在遥远的地平线上，经过一夜的浓雾

柳树、松柏和千年榆树，掀开了新的生活

而我独爱这路旁的一株，她那么不起眼

在贫寒中孤守

放出豢养已久的银白，既有古韵，也有新声
将曾经许过的愿望又重新开了一遍

阳光与微风，步行在同一频道
一个拐弯或停顿，树枝上的雾凇便开始脱落
随类赋彩的声音将满目的春色铺开
你看啊，银片在空中飞舞，不被具象的事物
磨损，打击，扭曲，你越靠近它们
你就越容易被融化

在长白山走一趟，满身便飘满了雾凇
有着阴阳的属性。在这里
享受的美防不胜防，只要将身体打开
所有的善良，宽容和大爱都涌进来
就连一片雪花，都隐藏了飞翔的渴望
陪我夜看雾，晨看挂，待到近午赏落花
是啊，原来我也是一棵不甘落入尘世的松树

到长白山走一走

时光长期拍打的长白山，在史册悄悄泛绿
那些随手把生活和时间塞进背包的人
透着勤劳与豁达之美

高过云朵的鸟鸣，如此明亮、从容

旁逸斜出的霞光，在黄昏这部线装书上

小心地诠释着长白山的方言

是的，归鸟在一首山歌里卸下喧哗与羁绊

而我不是一个过客，是一个归人

一个早已学会，用一粒鸟鸣收藏往事的皈依者

到长白山走一走，这仿佛成了我生命中的必修课

那些让阳光泡亮的词语，自内心折回纸上

这一粒粒在春天，播下的种子

库存了所有记忆的养分：比如善，比如孝，比如爱

清风吹过，它们总在我内心

长出一片茂盛的乡音……

在长白山，想起

晨曦中的长白山，是放大版的盆景

挂在树枝上的，是露水一样的鸟鸣

不断翻涌，跌落，散发着记忆的芳芳

前来采风的诗人，在巨大的宁静之中

摘出嫩绿的词语，指尖划过之处不留辙迹

草木是自然写下的唐诗宋词元曲

笔迹遒劲，干净。山中的石头

是固体的时间，不喜繁华，不勾心斗角

澄澈、清凉的山泉，一路抒写着诗篇

我想站在长白山之巅，心音高畅，吐珠泻玉

偶尔在命运面前，弯一下腰板

我知道传送带一样的风，会把我们名字的笔画

一撇一捺地运到山脚下。是啊

长白山是春天的土壤，那一枚枚明亮、温暖的石子

满山遍野地发芽，闪光

很久没在现实中走神了，仿佛除了

最初的崇敬和激动，再也没有别的事物

能让我的心久久燃烧

林 间

钱 明

男，1965年生，贵州遵义人，贵州省作家协会会员，遵义市播州区作家协会理事。在《贵州日报》等发表多篇作品，出版《昔我往矣》。多次参加气象部门及遵义征文大赛并获奖。

林间，苔藓的世界是宁静的

幽幽的林间听幽幽的水声

看阳光，打在石上，青苔上

斑斑点点

蝶的飞舞是轻盈的

从树的这边，到那边

苔藓从树上藤上吊下来

蛙的鸣叫，零星

树高千尺

天碎得瓦蓝星星点点

刀斧禁入，路本来没有

可我，仍要在石头与石头间

树与树间

读懂林间的

深情表白

清冽的泉水

甘甜的泉水

恒温的泉水

在林间潺，轻吟浅唱

叮咚，叮咚，叮叮咚咚

水弦石柱

曼妙的声音

清清冽冽

长风，林涛

苍莽之上

浪是凝固的峰

峰是溶解的浪

浪在卷

峰在涌

树在呼，林在啸

乱云飞渡

风雨欲来

一曲长歌莽莽苍苍

我自独立

听，风萧萧

落叶，蘑菇

松鼠，鸦雀

从一棵树向另一棵树行走是幸福的

听鸟声啁啾是幸福的

一束束的阳光

一粒粒的水露

薄雾若纱

这一切，都可以是墨

可以蘸起来画

竖一笔干

横几枝叶

濛濛的意趣

深深浅浅

也绿，也白

靠在一棵树上

看枝叶梳风梳云

而把诗歌挂在树梢

颠来倒去地读

松间明月

跳动的
音符

石上清泉

姑且都让它们曲水流觞

且取千杯，林间醉

忘归去

狂道，我是仙

绿水青山就是金山银山

富在深山

远亲近邻都来了

姑且以清新的空气迎之

姑且以一瓢山泉水饮之

鸟语花香

不亦说乎

绿在前，绿亦在后

粗食，淡酒

柴扉半开

山月，随人归来

林间，与客饮

听野籁，弄筝琴

忘情复本心

又见，山月明

林与草：
在一片绿叶上续写新征程

丁小平

笔名风声、风之声，男，1969 年生，湖南衡阳人，中国诗歌学会会员，湖南省作家协会会员。诗词作品多次入选选本文集。获《诗刊》《诗歌月报》《星星》诗刊等举办的多项诗歌奖，获第二届"郦道元山水"文学奖等全国征文奖百余次。

1

说到树的高耸和草的谦卑布局，江河就会澎湃

时间就会狂草。它们心里都藏有一颗种子的青春

它们都在沿着水流的方向，把根须重新整理

说到丛林写在天空的秘密，一切的笔迹

都是飞鸟留下的，蓝天那样地多情

以至于丛林里飞溅的鸟鸣，都自带圆舞曲

天空留出那么大的空白，任由拨弹

深刻是飞瀑给的赞歌，简浅是雨点啄开的证词

说到绿草拉响的小夜曲，虫蛹充当独唱演员

月光成为草的晚礼服。经典的都是永恒的

都带有风的修为，宁弯不折

从古诗中掘出"野火烧不尽，春风吹又生"的精神

林与草，不分南北，各自抱紧自己的故乡

一片绿叶，就是一个祖国

一寸天地，就会让一寸热血焐热

一份耕耘，就会让情愫根植

一次拔节，就是理想世界的一次炼狱

2

和荒沙博弈，和炙日争阴凉，和陋习论输赢

草和树在拟订起草重返故土的可行性报告

大兴安岭逶迤，一日千里行程

延绵的历史痕迹，写满犁铧的锈迹

退耕还林还草，还祖先传承的一片清净

还后代一片明朗而蔚蓝的空气

忍痛切下的悬腕，里面有浆果的味道溢出

痛下截铁的决心，有淬火的青烟冒出

耕耘过的痕迹，被字迹一一磨平

还在犹豫地收获，被秋风安放在宁静的村庄

春风拂过，青草全体起身

欣欣然张开稚嫩的眼，望向太阳升起的方向

树苗冒芽，情窦初开，仿若归乡的学子

沃野上满是翠绿的词句在奔跑

相互传达一个永久的秘密——此心安处是吾家

3

沙化的语言，在林草茂盛期渐渐复活了

长江、黄河、松花江的水质更适合鱼虾的呼吸

自然的原生态、无需人为的指引和强加

新疆的牧区、陕甘的黄土地，泛起绿色波浪

把脆弱的生态，稳固成诗意的长城

把失衡的天平，用草和林的赞美去称量

960 万平方公里的大地，均匀成一颗初心

二十几载的风雨历程，一片绿叶上的故事

由河山叙述，风雨铺笺，日月执笔

一点点，一滴滴，墨是用汗水酿就的

成效是由脚茧丈量的，星辰只有肉肩担当

一草一木知晓，在一片绿叶上续写新时期的新征程

一代共产党人的责任和忠诚，是一枚金字印章

盖在地球村 5.15 亩的荣誉证书上，辉耀史册

林邑郴州，
你是一位曼妙女神

雷风云

男，湖南郴州人，中国诗歌学会会员，湖南省诗歌学会会员。

林邑郴州，你是一位曼妙女神，

飞天峰是你佳丽的面容，

云蒸霞蔚，晨光丹霞；

苏仙岭是你窈窕的腰身，

婀娜多姿，月迷津渡。

林邑郴州，你是一位曼妙的女神，

五盖山是你浓密的秀发，

飞瀑流泉，林草茂盛；

东江湖是你闺房的宝镜，

雾里看花，天姿国色。

林邑郴州，你是一位曼妙女神，

九龙江水是你飘逸的丝巾，

绿荫环绕，风韵万千；

宝山矿晶是你独有的佩戴，

燕尾香花，夺目璀璨。

林邑郴州，你是一位曼妙女神，

神农嘉谷是你世代承袭的风韵，

耕种传家，勤俭富足；

香火龙舞是你千年绵远的才情，

祈福祛灾，调风顺雨。

林邑郴州，你是一位曼妙女神，

龙女温泉是你慷慨馈赠的甘霖，

滋润百草，温暖大地；

莽山林场是你精心挑绣的织锦，

金山银溪，飞禽走兽。

林邑郴州，你是一位曼妙女神，
古银杏是你百世珍藏的发簪，
深植林海，相伴长久；
野山茶是你年年亮相的胸花，
茶华娇艳，茶油芬芳。

林邑郴州，你是一位曼妙女神，
冰糖橙是你挥汗栽种的佳果，
甜美多汁，沁人心脾；
狗脑贡是你晨曦采摘的仙毫，
山峦叠翠，罗霄献瑞。

林邑郴州，你是一位曼妙女神，
板梁村落是你美丽的窗景，
山花青瓦，古井石桥；
安陵书院是你研学的静斋，
烟波江上，竹倩舟横。

林邑郴州，你是一位曼妙女神，
沙田古镇是你骄傲的乡土，
福泽九州，气壮山河；
半条被子是你自豪的故事，
振兴林邑，行稳致远。

一棵红松的感谢信

耿国彪

男，1972年生，河北雄县人，中国作家协会会员，中国自然资源作家协会会员，北京作家协会会员。在中央电视台、《诗刊》等各种媒体和刊物发表作品千余篇（首），出版《诱惑》《留守的男人》等诗集，获新世纪北京文学奖、李白诗歌奖等数十次。

谢谢，谢谢小兴安岭的这片土地

喂养了我身体里的一个个月亮

谢谢，谢谢这默默流淌的黑龙江水

滋润了我一层层斑驳棕红的肌肤

我知道，在这里除了泥土和岩石

我最古老

月光的长髯下，我看到扎着长辫撒下种子的农民

也看到暴风雪中的马帮，烧刀子酒里踩起的高跷

我知道我只是一棵树

一棵白山黑水里生长的树

但我具有汉子的性格

冰天雪地里脸会涨得通红

谢谢，谢谢伊春这座小城

谢谢小城里笑迎春风的每一个人

我知道你们珍惜我身体里的时光

珍惜我仰望天空的脊梁

我知道只有把树当成自己的人

才会向着举过头顶的斧锯

亮起红灯

感谢天保工程

感谢几千亿元钞票织起的那张密不透风的网

让时间可以安心发芽

让幸福能够轻松抵达

感谢护林员永不停歇的脚步

他们跳动的心紧紧包裹着我一圈圈的年轮

像老朋友的问候，执着而温暖

在小兴安岭，在高高的山岗

我就这样站着，站成这片森林的旗帜

站成东北虎、豹、松鼠、蝴蝶茂密的家

由伊春到嘉荫

由清澈的河流到肥沃的黑土

湛蓝的天空下，阳光已不是生命的灯盏

那些宁静的青苔是一道道时间的皱纹

沿着绿水青山顺流而下

感谢你，伊春

感谢你穿过密林的那头小鹿

感谢你雪夜中飘起的一缕炊烟

感谢你让我扎根在雄鸡报晓的版图

是你让我的腰杆更加笔直，酒香更加浓郁

谢谢你，这一片雄性的土地

行色匆匆的男女

我要告诉另一个千年的子孙

在伊春的内心深处

我们曾是它的唯一

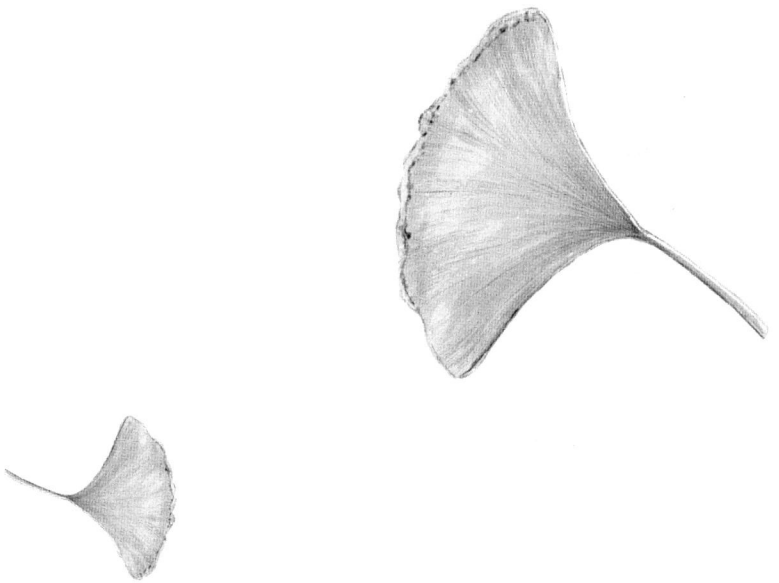

林草或自然之诗

王 超

男，1982年生，山东枣庄人，中国诗歌学会会员，江苏省作家协会会员。有诗歌刊登于《十月》《诗刊》《星星》《扬子江诗刊》等，作品多次获奖，出版个人诗集《用闪烁的眼睛相向》。

森林之歌

天空低下来，仿佛与神交谈

森林深处，有鸟儿飞起

雾霭与射进的霞光，将绿色波涛

汹涌地堵在某个顶点

"记住，弱者并无真正的悲伤可言。"

法则是严苛的，而森林充满了仁慈

豹隐密林，另有蝴蝶开路

或扇动一场美学风暴，荆棘于花丛中

有露水和花粉，雕刻着星丛

并在离我们最近的地方长成斑驳

返景入森林，青苔飞跃石头

如百鸟朝暾，草木成为精灵的
天堂，我能看到有人踱步
但不是具体的某个人，我能嗅到氧气
它们也在内卷中呼吸，如时光
"深得像我们拥有过一种安静"
你听啊！那是森林在呼吸

金黄的霞光已被注满，注满的
还有无数的缝隙，此刻风穿过森林
草叶滑翔很久，比森林更远的地方
寂静如蜜，我们大口饮誉这万物的原乡
你听啊你听！那是森林在歌唱！

草原之夜

此刻星空闪烁，披碱草或苜蓿
都披上墨绿的外衣，风吹草低
此刻的牛羊与马匹都是同一类事物

月色把流水压得更瘦、更细
像一面面变形的镜子，而辽阔的草原
独属于那个弹奏马头琴的人
如歌如诉的百转千回

风声，掀开草原的衣袂，鹰隼

盘旋下来，七彩的旌旗、宽阔的马蹄

一匹骏马驮着一个翠绿的族裔

万物跟着莅临，向远方迁徙

夜幕的苍穹笼盖四野，水汪汪的月亮

正剥开袤娜的炊烟，敖包处有人拜谒

有人用上扬的马蹄，踏出人世

而我的目光正抵住远方的毡房

歌声悠扬、琴声跌宕，灵魂已顺着刀郎

飘远，如悄然散开被束缚的众生

一个个洁白的毡房连成星群，仿佛

沾满神的预言，把自己也放逐

爱情之树

两颗比邻的爱情树，缄默不语

一千年短暂，它们抗拒风霜

或用另一种形式使生命深陷某种法度

一棵棵爱情树，为我们做出榜样

它们撑开繁茂的苍穹，手挽着手

花儿成为永远的梦餍，仿佛坚贞不渝的爱情

早脱离了人类的训导

"与你角力中，我们得以成熟"

这自然的箴言，不必宣誓

两颗比邻的爱情树，有它独有的方式

开枝散叶、开花挂果

并彼此连理，度过世态炎凉

彼此，在风中打开澄明的光

枝叶偶尔碰触，蓬住落向人间的尘埃

像家园暗藏的柔软之书，更多的

手臂在暗夜相拥，而人世不再虚空

两颗比邻的爱情树，缄默不语

它们朝向簇新的生活，承接命运的安排

两颗比邻的心，正领受热情的阳光

坚贞的爱，无比悠长

易解放

——"大地妈妈"的绿色情怀

纪福华

男，1962 年生，山东寿光人，中国诗歌协会会员。作品入选《诗歌地理》《贵州作家》等 400 余种集刊。征文多次获一等奖，如赴两河之约寻枣乡记忆诗词征文、咸安区首届樱花征文、永立时代潮头重振齐国雄风诗词征文等。

她与新中国同龄，祖国养大的一棵胡杨

"大地妈妈"像绿色的词牌，这是她现在的名字

"绿色生命"团队是她的手，攥着绿色

站在沙漠，只需挥挥手就是王，可以号令千军

在内蒙古三北地区，无论哪片荒漠

生命的线条都很脆弱，水可以把自己渴死

沙丘依然埋不住一波又一波沙浪

她能，在内蒙古三北沙漠怪兽也怕她手里的铁锹

植树造林源于儿子的一场车祸
那时，她的心一点点干涸，变成了荒漠
卷起的沙尘暴差点将她埋掉

沙尘暴的消息像一把刀，给她换了脑
儿子杨睿哲的声音从天上传来：
你们退休以后，可以到内蒙古去种树
把沙漠怪兽埋进史书

于是，易解放变卖了在日本的所有财产
揣上儿子的死亡赔偿金，来到塞外

她盯住了通辽库伦旗那片"死亡之海"
曾水美草肥、牛羊成群，是科尔沁草原的一部分
现在荒漠一片的塔敏查干沙漠

挖坑、放苗、栽植、培土
她和农牧民、学生志愿者种下第一抹绿
她坚信，种活110万棵绿，儿子就能复活

但，第二天树苗却不翼而飞了
一夜之间就被风怪一口吞掉了

她扶住铁锹，却扶不住柔弱的身子

面对广袤无垠的大沙漠，她感到自己的渺小和无助

仿佛再吹口气，就会把她吹回上海

儿子的声音让她把根深深扎在沙漠

她请来林业专家，还到云端请大神点化

从此每当一批树苗种下，她都像照顾自己的孩子一样

成片的幼树在这严酷的地貌上扎下根

更大的成就是，她掌握了一套在沙漠植树的方法和经验

说来也奇，每次种下一批树苗

总会下雨飘雪，或许她感动了苍天

抑或是她儿子暗中帮忙

如今的库伦城周，已是绿洲一片

当地百姓为其儿子立下了一块纪念碑：

您，是一棵树，无论活着，还是倒下，都是有用之材

活着，为阻挡风沙而挺立

倒下，点燃自己给他人以光明和温暖

许多年轻志愿者都把易解放当作亲妈妈
经常为喜爱蒙古长调的弟弟睿哲唱起《梦中的额吉》和《母亲额吉》
她虽然失去了爱子，却得到了更多的儿女

19 年，她在内蒙古东部的塔敏查干
西部的乌兰布和及中部的浑善达克沙漠上
种植了 3 万多亩生态林，为华北地区挡风堵沙

全国各地及海外的许多有识之士
纷纷伸出援手，有的还加入其团队——"绿色生命"

"绿色生命"是一个没有固定人员组成的组织
没有任何报酬，只有应尽的义务

志愿者中，有退休干部、香港极负盛名的教育家、
台湾年轻的企业家、上海"军之声"合唱团
甚或上海"军休所"中许多年事已高、腿脚不便老军人的受托者

12 年前，易解放得了结肠肿瘤
6 年前，易解放锁骨断裂
都没能把她从治沙种树的大地拔出来
为了荒漠上多一寸绿，她要干到终老

阳光照耀草原

孙万江

笔名后街，男，1972 年生，江苏南京人。作品刊登于《诗刊》《星星》等刊物，被选入多种诗歌选本，著有《永远的歌手》诗集。多次获得省级以上诗歌奖，其中获得《诗刊》社等主办的 2019 年"礼赞中国·诗韵乡村"全国乡村诗歌征集活动一等奖。

阳光下

一朵云，骑着山脉

在茫茫高原行走

一匹狼，踩着可可西里

在人烟罕见的地方飞奔

一群牛羊，踩着蓝天的草原

在青藏的天空下慢悠悠地舔着蓝天或者草原

峰峦叠嶂，雪山缥缈

牧民的羊鞭像弯弯的河流，放牧大好河山

茂密的草甸，绿色的染房

远远望去，安营扎寨的帐篷，如一朵朵各式各样的小蘑菇

一阵风吹来

掀翻了天空

高原恢宏，那翻滚的云海是海洋中白色的水母

鲁朗草原的五月

色季拉山口像一枚檀香书签

微风一吹，打开鲁朗草原

一幅油画推入眼帘

山顶，莲花盘坐；山口，蝴蝶的雪花纷纷落下

落在人神天地间

山下，牛羊点点。如黑白围棋子，牧民是九段高手

托起一节鸟声漂染翠绿，弹拨一片竹海窥见云烟

玛曲草原上的牦牛

九曲黄河边，玛曲草原

白牦牛、黑牦牛在舔着嫩嫩的春季

七仙女山顶上七个小美人唱着藏歌

梦幻的云彩围着群山缠绕了三回

像一条白纱巾系在少女的颈脖

跨在牛背上，我如一峰赶脚的骆驼

草原，起起伏伏。如一面绿色的湖泊

东方瑞士类乌齐

雪山漫舞，是一群群雪白的羊

一群群低头吃草的羊，是一团团飘动的白云

绿色的参天大树，夹着鸟鸣一粒一粒地滴在叶片上

每一片落叶，都是一本贝叶经书和一缕春天的神韵

一个叫类乌齐的地方，踏着云雾的歌声而行

炊烟连接云朵的时候，卓玛妹妹和她的羊群

背着霞光走进圈舍和帐篷，手上提着一篮子清新和宁静

春天的牧场

天上的白云聚会又散去，只是做了个猫脸

地下的马车拉着春天赶往牧场

格桑梅朵摇着南来的风，在草原上舞蹈

彩色的蝴蝶像一架小型农用无人机喷洒生命的花粉

小羊羔、牛崽子们，一个个跟屁虫，撂着蹶子，

唱着无名的歌

大地之神，穿上盛装

雪山、草地、牛羊、河流、牧民、转经筒、喇嘛庙

是这座盆景中最温柔的部分

那片林海
——致敬护林员

余　娟

笔名语涓，女，1965年生，四川仁寿人，中国散文学会会员，四川省作家协会会员。作品刊登于《星星》等刊物，出版诗集《流动的风景》，多次在全国和省级诗歌和征文大赛获奖。

1

你目光触摸过的那片云朵，

以倾慕的方式，停歇在林海、树与树的缝隙。

它说今夜无雨，

你的木屋是否需要星月追随？

鼾声和林涛声，是否交织成和谐的音律？

山风穿过简陋的墙体，

把仅有的桌、床、炊具、护林用具，组成简陋的句式。

从门缝里悄然而至的野山菊，那是你妻，托风捎来的口信。

其实你无数次听到过叶落屋顶的孤寂，

还有雨雪风霜包围木屋的冰冷。

但你却在太阳躲进远山时，吹响一叶小曲，

让无边的夜铺展你辽阔的胸襟。

你立于木屋外，感知所有的梦都在悄悄生长。

夜色中那些黑乎乎的林木正越过沧桑。

等你，为它们守护一盏绿色的生命之光。

你身后，是大山脚下，万家灯火的辉煌。

2

如一条被苍穹抛下的绿带子，弯弯曲曲。

一半隐身云里，一半于脚下延伸。

你叫它山路，或羊肠小道。

尽管你每天来来回回地穿行、丈量，

但你必须拨开荆棘，才能让狭窄的视觉豁然开朗。

汗水从你的掌心漫出来，

湿漉漉的情怀，暖了四季奇花，以及疯长的草。

你自信所统辖的世界，

那些匍匐你脚下、生命中的问号和感叹号，

已舞出绿色的诗行。

飞鸟从树梢滑下，在你肩头不停地跳跃、穿梭。

悦耳的鸣叫，唤醒深谷下潺潺的溪流。

一些蜂蝶前世的梦。

露水滚过的青枝枯藤，不带一丝隐秘。

它们常常附在你耳畔，讲述着深山修行的苦乐。

而你，却总是惦记着昨日种下的那些树苗，

是否已插上童话的翅膀。

雨雪之后，

你挥动着砍刀或斧头，除去腐枝，

竖起人性坚韧的标尺。

3

你像一把挂在山门的巨锁，

守护着绿色的宝库。

你日夜巡逻，顾不得严寒酷暑。

敏锐的目光挑破浓云迷雾。

乱伐、偷伐、猎杀……那些暴露于林间的丑恶的动词、行径，

被你毫不留情地遏制、删除。

野炊、上坟烧纸、燃放烟花爆竹……

雷电火、自燃火……

你忘不了木里，忘不了皮家山，

那些被浓烟卷走的英雄。

于是你容不得半点火星，容不得丝毫含糊。

每一次危机逼近，都以水一样的清澈濯洗，杜绝。

你熟悉林间每一个角落，每一个故事，

如同熟悉自己的每一缕发丝，每一缕乡愁。

青春，伴着春华秋实的光影闪烁。

你抛开杂念。

让森林与天空对接，

让花草与飞禽走兽对接，

让大山与城乡风景对接。

每一种平衡都是穿透心灵的真实物语。

荷一肩晨雾，披一路星辰。

千百次的警惕，

才换来这世间青山绿水、和谐安宁。

谁说你落寞孤单？

你举起绿意生态，紧贴着森林的胸怀。

一腔爱恋，都交给了莽莽大山。

你融入林海，便融入了浩瀚。

草木为大地写满诗行

吕敏讷

女，1979 年生，甘肃西和人，中国作家协会会员，中国自然资源作家协会签约作家，鲁迅文学院研修班学员。作品刊登于《散文》等刊物，有散文编入中学语文考试题。出版《倾斜的瓦屋》等散文集 3 部。获徐霞客散文奖。

1

大地是一张稿纸，上面写满青草的好词好句。

满地蓊郁葱茏是赋，华丽雍容，铺排夸张，

有一泻千里的恢宏气势。

浩渺草原如涛如浪，是意蕴悠远的歌，

唱出大江大河的气韵。

山坡上，一绺儿鹅黄，一绺儿浅绿，是现代诗，

短小精悍，用词简约，风格含蓄。

山间草地是一首格律诗，平平仄仄平平仄，

押着韵，风一吹过，就轻声诵读起来。

初春，青草用指尖，刺开土层的坚硬外壳。

它们赶跑冬雪，一点一点，占领地盘，

山头、坡地、河岸，

继而坐拥万里春色。

青草摇头晃脑，手拉手，在它的万里山河散步，

仿佛一夜之间，

天下的草，都成了肩并肩的好姐妹，好哥们。

它们在大地上坚守，是土地最忠实的粉丝。

青草有自己的哲学：

根在地下牢牢抱紧，汲取水分养料，

也涵养水源土壤。

叶在地面摇曳生辉，努力光合作用，吸收废气也释放氧。

青草知道春生夏长秋天叶落归根的生存大道，

青草还懂得一岁一枯荣、春风吹又生的轮回之理。

于是一年又一年，青草为大地穿上新衣，

一遍一遍写下新的诗行。

2

大地是一张稿纸，林木间写满天下风雅。

吴地的山林里遁隐过商代太伯、仲雍兄弟。

魏晋风度里有竹林七贤之逍遥放达。

渊明归去之高蹈，兰亭修禊之风流，

都在山林里诗酒流连。

初唐山林派琴音，若长江广流，有国士之风。

幽居林泉的高士雅事，有着中国山林的魂魄。

山林里长出凉风，风来为人们指路，

在弯弯曲曲的山道上爬行。

山林里裹藏四时的月色，也吞吐天地的光明。

它的长袖子，时刻都在准备歌一曲舞一曲，

你看，红桦林的表演服是红裙子。

在林木的生命辞典里，没有忧郁和颓靡，

只有日日夜夜欢快的生长。

山林是战士，坚守脚下的土地，站岗值班，从来不缺席，

它们直面风暴，却为大地送来白鸽、大雁、鸟儿和熊猫的消息。

大自然的剧场在这里：

清风阳光，星空彩虹，月色山岚，雨雾霜雪……是天然的布景；

蛙鼓蝉鸣，鸟啾燕语，溪声泉吟，飞瀑流珠……是自然的乐音。

草木写诗时太专注，演奏时太投入，

地上常常落满汗珠。

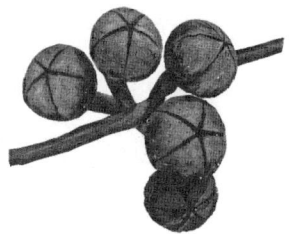

唱一首心灵深处的歌

吕彩龙

笔名江南游客，男，1987 年生，宁夏固原人。作品刊登于《呼伦贝尔学院学报》《青年教师》及各类文学网站，获得文学家园网"优秀写手"称号。

岁月如流

一场无尽的旅行

伴着过往的点滴在风中坚强

生命的鼓角

唱出一曲婉转的天籁

响彻在巍巍六盘

过往的侠者

驻足在这亘古的林海

贪婪地吮吸着

一段久违的岁月之歌

如诗如画，似山似水

陶醉的瞬间

老龙潭的一缕清泉沁入心扉

顿觉醒悟、清爽

一首心灵的韵律

便吐露唇齿

建功新时代

凝眸可爱的追梦人

追忆绿水青山的峥嵘岁月

那一山、那一水、那一程

镌刻着三代务林人的豪迈

牢记责任、忠诚事业

执着坚守、无悔奉献

诠释着几代人不变的初心

最初的记忆

是一段关于黄土的叹息

几辈人焦虑的眼眸

只为归客匆忙的脚步

只盼一方水土的恩泽

历时数载冬雪的山川

耐不住岁月沉淀的倩影

生命以轮回的形式播洒爱的誓言

终究抵不过几场肆意的狂风

往事如风，历历在目

青春的脚步总是这般沉重

将双眉化成山尖斑驳的彩虹

映照着山绿民富的旅程

岁月静好

潺潺的溪水、朦胧的月色

必是别样的年华

历经春华到秋实

越过寒冬到暖春

我们以沙漠一粒

在广袤的沙丘之巅追寻黎明的曙光

那些人、那些事、那些远古的驿站

都将成为大漠的殉葬者

唯有颤动的脉搏

不停歇的心灵坚守在这里

耕耘在这里

奋进新征程

行走在心旷神怡的六盘腹地

看四季如画、赏四季更替

痴迷于如水的岁月

折服于坚如磐石的精神

微风敲击片片绿叶

恰似一首心灵深处的赞歌

致敬绿色

李善杰

笔名行草，女，1968 年生，内蒙古兴安盟人，朝鲜族，中国自然资源作家协会会员，内蒙古作家协会会员。作品刊登于《大地文学》《生态文化》等报刊，获中国林业文联"百花齐放百家争鸣"放眼绿水青山创作活动文学创作三等奖、中国海外留学生"留学那些事"征文大赛三等奖荣誉。

林草芬芳，大地壮阔

峰峦苍翠，群山巍峨

七月里，我站在高山之巅

向祖国倾诉

致敬绿色！

我在红房子前致敬绿色

内蒙古林矿总局旧址的黑地黄字

把新中国第一支森调队伍的故事娓娓诉说

1949 年春天，十个人走向茫茫林海

把蕞尔之队走成一支森调铁军

五湖四海的口音，万众一心

算盘珠拨打流逝的时光

生长锥量出森林的脉搏

水准仪抚平了林区道路的坎坷

绿色是森调人筚路蓝缕的跋涉

我在森林分布图前致敬绿色

林班标、林场界、林业局界里

一串串脚印纵横阡陌

蚊虫叮咬，冷风瑟瑟

砍小杆，支帐篷，搭炉灶

挥斧头，拉测绳，砍线，埋标

过塔头，穿荆棘，爬山，过河

细密等高线堆叠起山峰

浩繁大数据里生机蓬勃

新时代的林人，也是新中国的艺人

辐射的足迹绘出了丹青朵朵

林相图森林分布图里隐藏千山万壑

我在森林数表里致敬绿色

那数字不仅仅是胸径、树高、面积、蓄积

那是树拔高林生长的律动，是林涛翻涌的老歌

几十年如一日撇家舍业和整装待发

有多少儿子告别了久病父母的病床

有多少父亲错过了孩子的降生

有多少妻子独自扛起一个个四季

有多少孩子从小就习惯了父亲的远行

绿色一点点漫延山岭

奉献一年年染绿山河

绿荫护夏，红叶迎秋

绿色是情怀，红色是承诺

汗水浇得千山翠，豪情荡起万顷波

我在鲜红的党旗里致敬绿色

那天大风蓝色预警

坡上杜鹃盛开，天空雪花飘落
队友们无暇欣赏大自然的美景

在林草湿综合监测的样地上

绘丹青于大地，织锦绣以未来

初心铺展成翠色漫延的脉络

青山为什么不老，碧水为什么清澈

你看毛乌素沙地林涛阵阵

你看呼伦湖畔浩渺清波

你看万木撑天的翠意绵绵

绿色就跳跃在新时代的山水林田湖草沙

又浩荡开去

只此青绿啊，只此青绿

祖国北疆展开千里江山图

那是生态屏障，是绿色长城

你不豪迈不情怀激荡吗

不参与其中，那叫白活！

喀纳斯最深处的守护者

胡　锋

男，1979 年生，新疆伊宁市人，高级工程师，新疆作家协会会员，《今日国土》特约生态作家。在《星星诗刊》《中国诗歌网》等发表作品数十篇，获得"心诚天下兴"杯三等奖、念念西塘诗歌大赛三等奖等荣誉。

1

饱蘸芬芳的春风，练习喀纳斯的行书

草木爬满的方格，原生态之中的清鸣渐次剥离人间

高于丹顶鹤翅膀的一轮明月，在视界之外举出天地

让我说出千年不谢万年不化的雪莲和雪山

无疑，那些不起眼的草木是喀纳斯的核

我不由自主地抚摸，躬身跟着它们走了很远

在成为春天的坐标，与经纬之前

是一位森林公安的不动产，他的名字叫

赛日克·胡马汉

2

拂晓时分，马背上的你在无一人的草原

不想辜负誓词，守护着脱胎的喀纳斯

步履制造弦外之音，不绝于耳，马首上瞻望

你看到一览无余的辽阔，全是风的另一种表达

可以看到，栉比的牧民安居房覆盖了我们生命底色

当灯光一层层亮起，飘出如潮的欢呼声

在苜蓿、家用电器和马鞭的杜撰里，映像童话和乡愁

以充盈之美，提炼纯粹的诗意和玲珑

3

一只狼横卧在路上，奄奄一息

赛日克用新装的月亮，梳理狼的虚弱

一块骨头抱紧另一块骨头，爱让疼痛不再硬碰硬

狼恢复了野性，放生把所有悲怆化作感动

一蓬蓬的绿草喊出百兽归巢

在头顶的夜空里闪烁着星光

雪山与草原之上，狼生长在时间的缝隙里

人与自然，人是微不足道的配角，万物才是主角

4

牧民们把成群结队的牛羊，向着春天赶去

一头小马驹，撒开如弦四蹄，吹动马尾，尽情奔驰

将人们轻盈的身影托举得飘然若仙

挥手之中，几只苍鹰，就会俯冲了所有诗意的力量

赛日克用篝火，烧制的一块高耸的铁

滚烫的心，驱散黑暗留下的遗毒

也把镶嵌在文本的"风吹草低现牛羊"搓成灯芯

点燃一盏长明灯

5

多年的林草保护宣传，点亮一村又一村祥和

喀纳斯的日子，饱满了一方水土的形容

动物们将这里视为庇护地，身影穿过草丛，

把寂静挂在风中

一棵草，身子伸得比天高，

因为根扎在有灵魂的沃土中

曾立下这样的豪言：盗伐林木就像砍我胳膊腿一样

蕴积的情感炽燃憧憬，肩膀扛起林草保护的磅礴气象

绵长的岁月因此舒缓从容，星辰点亮草原

而灵魂点燃躯体

6

夕阳瘦了，犹如你的孤独，超过了天山的高度

在这样的时分，谁都可以固守家园

守护、救助、绿色，及一长串的修饰

悬在喀纳斯人的心坎

很多时候，我在想你复辟自己的王国

追寻一份心境的辽阔，找到一双跋山涉水的步履

守护漏洞百出的行囊里，却只有信念

一旦从骨骼间长出

上可顶天，下可立地

彰武，把风沙折叠起来放进森林的信封

冯金彦

男，1962年生，辽宁本溪人，中国作家协会会员。先后在《人民文学》《诗刊》《人民日报》等近百家刊物发表散文、诗歌、评论、小说600多篇；出版诗歌集《敲门声》《水殇》《泥土之上》，散文集《一只鸟的颤栗》，理论集《背向城市》，报告文学集《梁衍樟传》。曾获《人民日报》、中国作家协会散文征文奖，《中国青年报》散文征文一等奖，《中国旅游报》散文征文一等奖，《人民文学》散文征文奖，《人民日报》诗歌征文二等奖，《诗刊》诗歌征文奖等200个奖项。

刘斌墓

辽宁省固沙造林研究所第一任所长，37年工作在治沙一线，去世之后安葬在松林之中。

灵魂没有重量，一枚松针的重量

一棵松的重量，一块墓碑的重量

只是他生命一个片段的重量

37年的日子究竟多重

松林深处，我看见风把他的名字

放在月光的天平上

侯贵

一个人 20 年，在 2400 亩沙漠上造林 30 万棵。

30 万个名词，被春天放在沙漠上

每一棵树都是沙漠盛大的爱情

谁能吹动 30 万缕火苗

一滴星光、一滴春雨，甚至一滴眼泪

只是把一个名词变成动词

30 万只笔，在沙漠的上书写

树枝上，一声鸟鸣在看星星

李东魁

退伍军人，守护 8500 亩松林，每天行走 13.5 个小时，整整 30 年，
寂寞时，唱一唱军歌。

鸟鸣是松林的一声咳嗽

月光掉在地上，阳光掉在地上

他一片也没能捡起来

只是把掉在地上军歌的影子

做成一根手杖

与 8500 亩松林相比

一个人的孤独只是小孤独

松林的寂寞是大寂寞

杨海青

把草籽放在羊蹄印里，绿了千亩沙丘。

太重的东西抱不动

其实，太轻的东西，我们常常也抱不起来

此刻，一粒草籽很轻

羊蹄印里的绿也很轻

谁能把它从沙漠抱走

谁能抱着它走多远

无所谓大与小、轻与重

把一粒草籽放在沙丘上

沙漠再也睡不着

优秀奖

湿地诗札

陈　俊

男，1965 年生，安徽桐城人，中国作家协会会员，桐城诗词协会主席。出版诗文集《无岸的帆》《体悟本真》《静穆的焚烧》《风吹乌桕》《行吟与雕冰》《杨塘纪事》等。

1

曾经围湖造田，因为湖水的动荡

湿地从未有过安全感，时间的缺口

总有溃败的伤心往事

而草木无知，而雁巢倾覆

而洪水无情，人与自然搏击的伤口上

混浊的泪水，漫过苍凉

太多的争夺，太长的手

伸向星光和雁鸣，索取，索命

太多的泛滥，污染，猎杀，血腥，泥污残骨

大雁出走，鳝龟败逃，鱼虾

没有立锥之地

我们急需一次转身，看到倒地的背影

2

只有新时代，生态有了文明的专用词

人类学会了收敛

水进人退，人退草生，草生雁回

湿地归来，不再需要刻意思考

有用或无用，放胆提着自由的灯盏行走

像一只野鸭，沾满朝露，嘎嘎地飞

这湖天空地，松开了束紧的绳索

如同神闲置的棋子，春风又绿

铺天盖地，被远方一遍遍梳理

3

野花和湖草成为彼此的语言，令人着迷

静：一簇枸杞，一丛苍耳

动：一只蝴蝶，一个蜻蜓

春光十里，晃动巨大的海面，无尽的绿

前浪推着后浪，柔如长发的水绵、龙须、水白菜

带着激情，梦幻，一直覆盖到心灵深处

4

我因此带着探寻的眼光寻觅归雁

镜头找到丢失的兴奋点，拉近，聚焦

水与雁的相互嵌入，光与影的反差对比

天广地宽，无需雕琢晨昏画卷

在一个春风沉醉的下午

与一头没有缰绳的牛，对坐，相看两不厌

对酌，不说一句话，神思万里

一个我不曾约访的独白

容纳沧桑苦难，忽近忽远的那些叫声

明亮动听

5

此刻，我不是偷窥者，所有的鸟

找到自己时间透明的栈道。这是自然的

也是人类自赎成全的

一斑窥豹，起伏的变迁细节

从来不缺一个路径

这天使降临般的幸运

这百鸟翔集，验证了谁似曾相识的梦境

大森林的鸟语

陈建正

男，1977 年生，江苏射阳人，江苏省作家协会会员。在《诗刊》《星星》《绿风》《诗潮》《诗林》等发表千余首诗歌，出版诗歌集《龙人心记》，获得《诗刊》《星星》《诗潮》《绿风》等各类奖项 40 余次。

清晨

一群叽叽喳喳的鸟

把我从床上

拉了起来

我听它们说话

声音很吵

听起来却很舒服

它们说什么

我听不懂

我愿意听

静静地听

我情愿他们把我耳朵

拎走

像孩子一样

它们跳着

从一棵树到

另一棵树

从一根枝条到

另一根枝条

又一下子

弹到我的窗前

很顽皮地朝我

挤眉弄眼

脚步很轻

怕踩伤了叶子

怕踩碎了露珠

我摊开桌上的稿纸

刚想写下一些诗句

它们就在我稿纸上

留下几片鸟语后

让窗外的阳光

给带走了

在青石路上

领着一帮人

在森林里转悠

讲森林的秘密

然后，在一块石凳上

坐下来

唱歌给他们听

总有一只鸟在外面叫

我住的旁边是森林

每天早晨，总有一只鸟

在窗外叫，它叫什么

我听不懂

它叫的是甜还是苦

我不知道

它叫的时候，是不是其他鸟也跟着叫了

我不清楚

它叫过之后

总有一些事情要发生

那个咕咕叫的是什么鸟

大地啊，森林啊，河流啊

我耳朵听着，眼睛看着，心里想着

那个咕咕叫的是什么鸟

长什么样子，怎么那么会叫，也

为什么那样叫

把我一早上的好觉都吵醒了

如果我也有一张那样的嘴

我也来折磨它几下子

你说呢

草木之心

张　俊

男，1979 年生，辽宁大连人。作品刊登于《诗刊》《星星诗刊》《诗歌月刊》等。

1

星雨，瞳孔，岁月，年轮

我能想到的，关于植物的修辞，被月光抚摸着

林中鸟寂静无声，仿佛在思念故人

而我能够触碰的树叶与花朵似乎都在时光里

沉淀下来，与远处的炊烟共享尘世喧嚣

2

如果仔细梳理，每一颗种子可能

都在讲述生活的天高云淡

但是森林在夜晚形成的波澜，一层层叠加

很快就遮掩了记忆

山的影子，却在月亮的照耀中，与我的影子重叠

寄托亲情和宁静的村庄之美

我摩挲着水流里，父亲渐渐老去的面容

林中泥土的味道，摩挲着母亲的影子

那应该是树叶上的河流

是深邃的，理性的语言与一首诗碰撞后的痕迹

是古老的箫声

3

幻想的名字在草叶上，谱出昆虫和太阳

难以比喻，却从未减少的回忆

幻想的季节与 一场雨相遇，唯有乡愁可以容纳

大地的馈赠

山林赐予我的一切，都是可以辨别的文明

是君子之约

也是一个少年的读书声

天天事戚戚如诉，不舍昼夜

天下人以草木之心

写在宣纸上，蜿蜒的笔墨

4

唯有清澈的生命，才是写给灵魂的定语

唯有母亲的叙事才能让我

重新面对自己

耳朵和眼睛，早已在山中得到的安宁

生活中的琐碎却在树林中

完成了我对城市的读档

哪怕过了半生，我所向往的树仍旧会用

秀美的身姿行走于书中

而它一次次凝望红尘，更是把

生活的意义

刻在一块石头上

5

林木形成的涛声里

早已写下了，一首描写春天的歌谣：

远来的客人饮酒，远来的风和白云，策马驰骋

把最好的记忆还给山中小兽

我想用不能忽略的正直，点亮一朵云彩

我想让心灵的灯火远离喧嚣

却依然能够把城市中

飞行的鸟，写进一首诗里

与我爱的琴瑟相应

大雁来，大雁归。我的树林笔直而坚定

我为它们擎起天空——

灯光照耀人间

竹笛声漫过我的名字

只要一杯酒，便可陶醉月亮和山中

早已淡去的唱腔

黄柏山册页

鲁绪刚

男，1969年出生，陕西旬阳人，中国作家协会会员，陕西省作家协会会员。在《星星》《诗刊》《草堂》《延河》等国内外三百余家报刊发表作品，部分作品入选《中国诗歌选》《中国当代诗歌赏析》《中国当代诗人代表作名录》《中国当代汉诗年鉴》《中国网络诗歌前沿佳作评赏》《飞天60年典藏·诗歌卷》等；著有诗集《岁月之重》。百余次获国内外诗歌征文奖。

1

山峰或沟壑，树木开始抽蕾、展叶

一些栽种绿色的人，自带色彩，给一座座山着色

他们带着春天上路，身后山青如黛，葱翠欲滴

树苗一年年长高，就像他们的孩子

期望很高，恰好可以对症这尘世的荒芜

他们的胸怀敞亮，饮得下狂风和大雪

而一个人栽下一棵树，无数棵树，便是整个森林

他们手中攥着泥土和雨水，伸展开

便是一片巨大的绿色叶子

阳光在上面唱歌，跳跃

2

群山巍峨，刻在每一棵树上的年轮

是黄柏山人一辈辈走向绿色纵深的脚印

他们深谙一棵树的辽阔

手握阳光，与泥土相亲相爱

从一棵老树开始倒叙，年轮由上往下

一个人握着倒退的时间，中间，某些感人的事

总会与黄柏山有关，在进行插叙

一棵树的倒影过于单薄，无数棵树便是呐喊

风雪中，他们还拥有一个滚烫的人间

一棵树就是一盏火苗，让荒山生出锦绣

在一个绿色的窗口，树木与人类互通有无

植物都在清醒地活着，相互问候

在黄柏山，除了"鸡鸣闻三省"，就是仰望

3

1956 年 11 月，树枝上拴着寒风，缠着雨雪

建场的七个人像七匹雪豹闯进了黄柏山

他们要把大火烧烬刀斧砍伐的绿色

一寸一寸地拯救出来，像羽化的精灵

飞出一重重荒芜的天空。他们怀揣青春和梦想

像一个个使者，要把每一棵抽蕾开花的树

送往充满力量的春天

此刻，绿色是人间最大的悬壶济世

是一个人内心无处不在的激情

七个最具济世情怀的人，要把荒山变成青翠

要用绿色捻成线，织出七彩霓虹

黄山松，是黄柏山的"土著"，就像一个人

可以在任何恶劣的环境中活着

他们腰里挎着砍刀，背着大麻袋摘松球

两个玉米面馍馍，支撑着他们从日出走到日落

他们要用一粒粒松籽，点燃黄柏山的荒寂

而内心藏着的火苗，已经点亮了他们的身体

一棵树的孤独是迷茫的，一群人的忙碌是有色的

永远有一种颜色在他们的前面

他们只有一个愿望，并为这个愿望

攀悬崖，趟沟壑，去抄荒山的后路

4

九峰尖，一个面积5300亩的中等林区

51岁的余立新和他的同事在这里"守江山"

1983年，那年他16岁

生日的酒还在他体内燃烧，青春的激情和浪漫

被黄柏山牵着，沿着先辈足迹，每一步都走得踏实

每一步又走得那么坚定

大雪压弯了松枝，也把他的担心一寸一寸拉长

界巴冲林区松林点。没路没电，山脊上

水，流不上去，雨水也存不住

用扁担把弯曲坎坷的山路挑在肩上，去河湾里挑水

45分钟，在平坦的路上很容易

但在山区，每一步都走得那么艰难

此刻，温暖是树蕾爆出的惊喜

是一个人内心无处不在的霞光和轻风

抬头望望星空，身边像孩子一样熟悉的黄柏山

安静而淳朴，月光被山风吹过来

一群人朝一个方向走，汇成广阔而千钧洪流

5

"这里山是绿的，水是甜的，空气也是甜的"

对于尘世的荒凉，这一片绿色，还是太少

而一群人仍在以木入世，以木出世

时光太快，建造"森林氧吧"的黄柏山人

在豫、鄂、皖三省交界处，有他们的一亩三分地

有他们心尖上的一片森林

阳光通过，或如轻风，或如流水，或如花香

这片绿色里，清晰地映像了三代黄柏山人的身影

山风吹过，就有鸟鸣的潮汐，脚步声涌动

所有的树木，就会把黄柏山的整个绿色捧出

绿色传奇

靳　慧

女，1983年生，河南焦作人。爱好散文和诗歌创作，曾受书法家、作家陈廷佑先生指导，偶有作品在刊物发表。

春风为草原披上绿衣

繁花为新衣妆点美丽

在遥远茂密的山林里

闪现着务林人的足迹

他们的歌声响彻四季

哪怕韶华伴着落叶逝去

哪怕青春随着流水远离

他们依然用坚韧的足迹

踏遍祖国的每一寸土地

梦想着与山河融为一体

那远处翡翠似的森林

是务林人用生命养育

这脚下碧玉般的江水

由务林人的汗水汇集

鸟鸣唤醒了东方的晨曦

阳光照亮了绵延的草地

年轮记录了丰功和伟绩

务林人用生命赋予这土地无限生机

令祖国河山壮美瑰丽

若没有他们的砥砺前行

怎会有眼前千顷林海万重碧

他们留下的每一寸脚印

在祖国九百六十万平方公里土地

书写着绿色的传奇

时代定将永远铭记

呼啸的口令

毕俊厚

男，1965 年生，河北沧州人，中国作家协会会员。作品刊登于《诗刊》《星星诗刊》《扬子江诗刊》《江南诗》等刊物；《寂静》（3 首）上榜 2020 年度河北省文学诗歌榜。曾获刘半农诗歌奖、黄亚洲诗歌奖等奖项。

每一株草都有着活命的本能

夜已很深了。草在窃窃私语

在中都大草原，一大片一大片的草，找到了故乡

紫花苜蓿、野沙蒿、狗尿莲针、兔不吃……

能数得上名的，数不上名的

它们没有族谱，却生死相依在一起

从春芽萌发，到草木荣枯。短暂的一生

它们的尊严，就是一次又一次地

让弯曲的脊梁，挺直身子

它们就是在荒芜之地，卷起一阵阵滚动的雷声

夜已很深了。我也曾目睹过他们

怀里抱着铁锹、镐头，抱着一株株嫩嫩的树苗

夜幕如盖。群星的被面结晶着寒凉的露珠

一块方方正正的枕石，连接梦境的宝盒

他们说着吃语，仿佛母亲喊着他们的乳名

张二狗、铁蛋、石柱子、兰花家的……

他们土气的名字，像一茬茬宿根的草

繁育出来年涌动的绿海

呼啸的口令

在三北，我曾闭上双眼，试图从涛声中

分辨出哪些是樟子松，哪些是桦林

试图在卑微的矮杨丛中，找回一丁点自信

我曾沿着树木倾伏的方向观察

它们隆着脊背，在入木三分的黢黑中

有七分像是随了造林人的烈性和血脉渊源

站在三北浩荡的风沙带，有时

会出现奇妙的幻觉：缜密有序的阵营

暗藏了孙子兵法的诡道。运筹帷幄的人

在沟壑纵横的沧桑间，堆满舒展的笑意

大自然充斥着交锋和对决，由来已久

是风沙扼紧"三北"的咽喉。让突破的口径，越撕越大

让那些根系发达的树种，产生抗体

那一批批造林人，他们选择了呼啸的口令

在旋转的世界里，学会迎体向上

让越扎越深的根，以穿透地心的力量

征服桀骜不驯的风沙

草原醒了

周国恒

笔名柏舟，男，1965 年生，河北吴桥人。2022 年中篇小说《夏天的暴风雪》获大自然儿童文学白桦奖，长篇儿童小说《会跳舞的狼》获首届陈伯吹新儿童文学创作大赛桂冠奖；2023 年《钓鱼狼》获得"周庄杯"优秀奖。

1

春天，草原睡醒了

每一根眼睫毛都镶着宝石

晶莹剔透

阳光妈妈伸出柔软的手

每一棵细嫩的草芽

都给予爱的抚摸

风姐姐说

轻一点，再轻一点

每一棵草尖上

都住着童话精灵

每个小精灵

都在讲自己的故事

2

早晨，草原睡醒了

小刺猬毛毛从冬眠中醒来

好饿呀！毛毛说

阳光可以做早餐吗

怎么不可以呢

阳光妈妈说

你呼吸的每一口空气

都加进了我的味道

伸个懒腰

赶紧享用我吧

3

草原睡醒了

牵牛花从它绿色荷包里

羞怯地拿出一个

粉嘟嘟的梦

牵牛花收藏了

整整一个冬天的星光

一个夏天也开不完呢

剩下的

藏在蕊中

到来年

做梦的种子

4

草原睡醒了

第一缕阳光撒下

雪花蜷缩着退场

寒冬在瑟缩中谢幕

草原睡醒了

风的号角吹响

又是一年花季

拥抱盛装的大地母亲

山林情愫

姚树森

笔名匡宫、晓尧，男，1963年生，吉林九台人。中国散文学会、吉林省作家协会会员，吉林市作家协会、诗人委员会理事。在国内外数十家刊物发表各类题材作品170余万字，有作品入选《中国当代散文精选300篇》《全国职工诗歌大奖赛作品集》《东三省诗歌年鉴》《吉林文学作品年选》等。获奖百余次。

　　在吉林省蛟河市天岗镇大桥村的聂家沟深山里，有一位普普通通的农民，凭着自己对绿水青山的执着守望和初心如磐的情怀，孑然默默地远离喧嚣，远离家人的沉寂，在孤独的山坳里足足坚守了整整40年，种植白桦、落叶松、柞木、红松、樟子松、杨树等20多个树种120万株，总开垦荒山面积达到了900亩！把一个昔日"兔子不拉屎，下雪刮青烟"的沟壑秃山变成了一个树木参天、绿色连绵、山川毓秀、层林静美的葱茏林海！

——采访手记

生命里的情结

深深植入树木的根须

在山林的呼吸里

情思镶嵌季节的星辰

每天的熹微里

太阳从你的肩头升起

草尖的露珠

被你的脚步震落

这时掬起一捧溪水

蘸着晨辉洗去疲惫

在静谧升腾的炊烟里

亲近鸟鸣与山林的恬静

40 年了

已经淡忘儿女亲情

一茬茬茂盛的山林

犹如身边日日窜高的孩子

眼角的皱纹

融入了太多岁月的风尘

细细剥落

都是栉风沐雨的日子

当年扑进荒山育林

年龄尚未而立

而今临近古稀

信念如青松屹立

40 年的坚守

相伴多少寒风与酷暑

14600 多个冷月寒星的执着

忘记了老婆热汤热水与儿孙的绕膝

寂静的山林里

梦境里茁壮白桦的挺拔，红松的嫩绿

雪花大如席的冬日

呼啸的西北风抚摸你巡山的刚毅

沟壑旁的荆棘里

灌雪的鞋膛踩出弯弯山路

缄默的手电筒

陪你驱赶无数个寒星

为了丰富山林的树种
自费购买核桃、黄柏等树籽
用温棚吸树苗
也吸出了手掌厚厚的茧花

每年的除夕
你从不与家人聆听新春钟声的敲响
就连给孙子的压岁钱
都叠进你返回山林的疾步声

守护山林
却舍不得用树枝取暖
每一个枝丫
都似孩子，格外心疼

如今，山川葱翠
山林的手臂紧紧相拥
120 万株的浓浓绿色
即将融入新时代建设的铿锵与恢宏

步入晚年的你

每看见这片连绵的林海

便感觉

心如绿叶年轻

生而爱绿色

劳而恋葱茏

连绵的山林

与你的心，贴得最近

站在树木一边

震 杳

本名刘洋，男，1982年生，黑龙江人，中国诗歌学会会员，黑龙江省作家协会会员。作品刊登于《诗刊》《诗潮》《星星》等刊物。获第四届诗河鹤壁大赛一等奖、中国（东莞）森林诗歌节大赛一等奖、第六届"诗探索·中国诗歌发现奖"。

毛乌素

滚滚沙漠边缘，飞鸟的啼鸣撕裂了炽热的空气

谁也想不到，在这荒芜中

站着一片青绿的林木，像一群高大的卫士

举起万千手臂，拦下前行的沙丘

樟子松、沙柳、柠条，投下清凉的阴影

谁也想不到，它们是怎样活过来的

根在深处，汲取每滴宝贵的水

把黑夜钻出了亮光

谁也想不到

那些种树的人，付出了多少爱与汗水

才从黄沙中抢回了家园

渺小的人竟是浩瀚沙漠唯一无法翻越的

很快，毛乌素沙地，将变成毛乌素森林

它的美，是由无数片绿叶搭建而成

树木用年轮，禁锢住风沙，转化为绿洲

站在树木一边

茫茫天地间，沙漠与人，下着一盘大棋

曾经沙漠进，人类退，一路溃败

丢弃了家园与童年

如今，轮到了人类进，沙漠退

将树苗旗帜般插入黄沙腹地

这场激烈的争夺，被风看着，被太阳盯着

一只鹰从天空绘下年年变动的地图

沙与树，日夜纠缠

这不是一月两月，也非一年两年的战斗

而是一场持续了几十年

还将持续许多年的大战略

一代人衰老、亡故

另一代人扛着扁担与水桶冲上去

你听，阳光与风，站在了树木这边
花朵的辎重也从后方遥遥运抵
一盘棋，生命与爱，将取得最终胜利

绿洲记

为了更多树木，能安静生长，抽枝发芽
总有一些树，站在沙漠边缘
在漫天黄沙中亮出绿色的身份
就像总有一些人，站在边疆
站在需要他们的地方，洒下年华与汗水

五年、十年、二十年，这些樟子松
已把沙漠认作了故乡，把根像爱深深地扎下去
为了更多的水，能清澈流淌、能入海
总有一些水，选择留在沙漠
义无反顾消失在烈日下

世界在奋斗的双手中，变得更加美好
总有些鸟，不远万里飞来此地，献上歌声
凉爽的树荫下，人与沙漠斗争的故事
长成丰碑，家园在枝叶间蔓延

林草记

邵天骏

男，1957年生，上海人，上海市浦东新区作家协会秘书长，上海市作家协会会员，上海市文艺评论家协会会员。作品刊登于《文艺报》《奔流》等报刊，部分作品在国外报刊发表。出版散文集《梦桐碎语》《岁月印迹》，文艺评论集《邵天骏文艺评论选》，获奖数十次。

眼前的景色，有点朦胧

只有林草还那么清晰

浓绿、墨绿，绵延起伏

绿色勾住了大地魂魄

我陶醉在树林的方阵里

又被花草的芬芳俘获

鸟开始不知天高地厚起来

竟然跃入了猜不透的迷宫间

寂静却不单调的林草世界

一缕阳光从叶隙中泻落

我开始翻看一本书

是关于林草的经典书写

那上面的文字，缤纷跳跃着

就像树枝和花草不断摇曳

在介绍植树造林的那章节处

漫不经心的我，吃惊地发现

这里本是凄凉的荒滩之地

林草稀疏，生灵难现

却在建设者的手下涅槃重生

荒滩已不再变得荒凉

灰白色也不再成为主色调

我与林草尽情地交流着

大有相见恨晚之意

我忽然有了某种预感

就是关于绿化的覆盖率

林草其实是最有发言权的

绿野无垠，它自然是新时代

林业和草原建设的见证者

这绿的馈赠，是人类的付出

是人类亲吻大自然的杰作

眼前的背景，尽管还显朦胧

却凸显出林草的千姿百态

一棵树，又见树，无穷无尽

梦幻中的林带向远处漫去

一片草，处处草，分外柔软

我已听到大地温润的呢喃

啊，塞罕坝

尹志杰

男，1956年生，满族，河北围场人，中国少数民族作家学会会员，河北省作家协会会员。出版《短笛无腔》《爱我所爱》等著作10余部。

塞罕坝是块迷人的宝地，那是鸿雁落脚的地方

好一片辽阔的草原，天也苍苍，地也茫茫

也许你没到过坝上，没到过坝上，那也无妨

你可以把那想象成：一个草的世界，花的海洋

草中虫吟，花间蝶舞，树上鸟唱

苍穹云朵，地上羊群，天边一片云絮，任你去猜想

淖尔中野鸭戏水，在水里也是在天上

白天鹅日子过得挺舒适，喜悦常鼓动它的翅膀

草滩上的牛犊嚼着青草，也嚼着嫩嫩的阳光

地平线突然飞过来一群骏马，马背上驮着一轮朝阳

塞罕坝是个天然大花园，花园里百花齐放

有叫上名的，有叫不上名的

不必管它，反正每一朵都那么香

最惹眼的是鸽子花，扇乎着翠蓝的翅膀随时会飞翔

最多情的是虞美人，羞答答真像那貌美又多情的姑娘

最美丽的是金莲花，不仅外表美

它还是良药可以祛暑清凉

最坚贞的是干枝梅，冲风斗雪，逾寒不凋，意志顽强

塞罕坝天高地远，是有名的乌兰布通古战场

将军泡子、练兵台

同许多优美的传说一起活在人们心上

闭上眼，你可以想象马如流星，人如猛虎，箭似飞蝗

甚至可以听到杀声动地，刀戈相搏，乒乒乓乓

当然这一切早已写进史册

留给人们的只是凭吊和感想

登临送目，阳光灿烂，松柏常青，鲜花飘香

远处鸟畜欢歌中，隐隐传来叮叮间伐的清响

还有不知是采蘑菇的牧童，还是采金莲花的村姑

那慢悠悠的唱腔

远处林业工人的新居，鳞次栉比，依山傍水

如同在画中一样

金灿灿的芥蒿花，汇成一片金色的海

海边静静地泊着蜂箱

这么美丽的风物，我不知别处是否还有，我不敢乱讲

但我一见她，便立刻被她俘虏了，日间想梦中也想

假如我是一茎草、一枝花、一棵树

或者一匹马、一头羔羊

让我选择落脚点，我会毫不犹豫地选择那美丽的坝上

假如地上没有我扎根发芽长叶，或者立足休憩的地方

我愿作长天一朵白云，每日把坝上的蓝天擦得锃亮

假如不能长驻，最低最低我也要作一只鸿雁

南来北往

一年一度不远万里

把塞罕坝日新月异的喜讯带到南方

啊，塞罕坝，你那么雄浑，那么美丽，那么豪放

惹得我日日夜夜把你怀想，把你怀想，把你怀想……

致敬林草楷模

秦月红

女，1980 年生，山西偏关人。多次在国家级、省级征文比赛中获奖，《森防人赞》荣获原国家林业局森林病虫害防治总站组织的"森防人与森防事"征文活动诗词优秀奖。

他们用双手，刨开沙土

他们用肩膀，扛起树苗

他们用漫长的光阴

一点点扮靓绿水青山……

他们默默奉献，攻坚克难

共筑美丽中国绿色之梦

早年，风沙和荒芜填满他们的记忆

如今，年轻一代在遍地绿荫中种下梦想

无论是广袤的大地

还是人们的心里

早已郁郁葱葱

他们仍未停下脚步

绿色的故事还在继续

不断书写新的篇章……

绿色情怀在他们身上生动演绎着

汇聚成林草事业高质量发展的磅礴力量

在浩瀚的毛乌素沙漠西南边缘

有一道南北长 60 多公里的绿色屏障

见证了世界治沙史上的奇迹

也记录了一位传奇人物的坚持与梦想

生命不息，治沙不止

在治沙播绿中实现人生价值

他就是"人民楷模"——王有德

子承父业四十年坚守

誓把"黄龙"变绿洲

从"沙进人退"到"绿进沙退"

从"死亡之海"到"经济绿洲"

甘肃八步沙周边的沙漠已基本治理完毕

谱写了让沙漠披绿生金的时代壮歌

他就是全国道德模范——郭万刚

拄拐种树多磨难

敢教荒山变金山

"石头山"变成年收入过亿的"金山银山"

率先实现山绿、场活、业兴、人富的目标

成为全国生态文明建设生动典范

他就是全国"林业英雄"——孙建博

坚持草畜平衡、绿色发展

以点带面保护生态环境

草原渐渐恢复"元气"

他就是"草原之子"——廷·巴特尔

植树治沙，植树造林

重现草原"生机"……

 充分体现了他们忠诚林草事业

接续奋斗、久久为功的崇高精神

支撑他们的是对美丽家园的深情热爱

是对绿色中国建设的深情行动

斗转星移，时光作序

从筚路蓝缕的创业到绿色发展的传承

每一个事迹，每一个故事

无不凝聚着林草人矢志不渝奋斗的力量

他们不忘"林草人"的初心

挥洒着饱含艰辛的汗水

在不懈探索与追寻中

让绿色成为发展最动人的色彩

他们是新时代的林草楷模

是亿万建设"美丽中国"的代表和缩影

今天我们传承他们的精神

凝聚林草奋进力量

为加快"美丽中国"建设添砖加瓦

就是对他们最好的致敬!

妈妈，
我用平安说爱你

朱松林

男，1978 年生，山西临汾人。曾获山西省林业先进工作者，2019—2021 年度全国森林草原防火工作先进个人。

我不知道

脚下的路有多长

我也不知道

前方的林有多密

但我知道

滔滔火海会无情吞噬我们赖以生存的家园

烈火映红了山川

浓烟遮蔽了蓝天

为斩火魔断蔓延

为救生灵免涂炭

我们不畏险阻艰难

不惧酷暑严寒

在烈火中淬炼钢铁意志

在汗水中凝聚忠心赤胆

凭借体能攻坚克难

运用技能灭火避险

我们用青春守护青山

我们用热血捍卫蓝天

同样是枪

不是抨击流血的武器

而是保卫生态的利器

同样是弹

不是投掷毁灭的幽灵

而是打开生命通道的勇士

灭的是火

燃起的是重生的希望

春夏秋冬四季轮回不止

护林防火初心使命生生不息

大山深处

一条橘红色的钢铁巨龙时隐时现

翻山越岭 穿林涉水

用脚步

丈量着层峦叠翠的秀美吕梁山

晨露沾湿双脚 晚霞映红脸颊

一颗颗赤诚的心向着鲜红的党旗迈着铿锵的步伐

一次次的领命出征

总会期盼凯旋时拥抱温暖的家

那一封写给家人的信一直没发出去

一句妈我回来了

是儿子最想对您说的话！

优秀奖

林草中的江南，
水在吟唱

陈于晓

男，1968年生，浙江杭州人，中国散文学会会员，中国诗歌学会会员，浙江省作家协会会员。作品刊登于《诗刊》《星星》《诗潮》《星火》《草堂》等，多篇作品入选年度选本，著有《与一棵老树的对话》《地气氤氲》等。

1

竹外隐隐的桃花，诗中说是三两枝

路过，我忘数了。只看见童年的我

还蹲在家门口的小河畔，数着大白鹅

光阴游过，这些知春江水暖的大白鹅

多年以后，还在我的文字中

白毛浮绿水，曲着项的"鹅鹅"

如此清亮，因着老江南的安静

2

老江南安静么？远去的一叶乌篷

还在欸乃着粉墙黛瓦中的往夕

往岁月深处划上两三里

一声声叫卖，依旧熙熙攘攘着街市

杏花、杨梅、莲子、菱角……

日子鲜嫩如初。美人靠上，倚着一袭

旗袍的风韵，流水之上，船只如梭

3

老拱桥拱起了身子，再拱一拱

小河就落在了两岸的广袤之中

远一些的流水和小桥

隐约在儿时的外婆家

菜花和蝴蝶都在舞蹈

十里桑园青青的影，一波一波缀在

绿水盈盈的梦境中，梦境是林草编织的

4

风乍起，吹皱流水碧绿的丝绸

褪成黑白的光与影上，一斗笠一蓑衣

落着，在垂钓水云之间的蒙蒙

像是有一只画舫从水天的浩渺中

悄然而出，听雨的人听得了一帘又一帘

淅沥沥的阳光

至于流水是什么时候变蓝的

画舫内外的人们皆不知

5

江南的枝头或者叶底

总隐着一只莺，记得那一声莺啼

曾经唤醒了南朝四百八十寺的香火

香火所及之处，楼台下是家家烟火

那些氤氲着的米酒或者黄酒

都是江南最柔的流水酿的，那澄澈的温情

像极了林草一样盎然的乡愁

6

这林草的江南，在粼粼碧波中

唱着一支缥缈的昆曲，那昆曲

其实需在小桥流水的庭院里唱

至于一样清丽的越剧则宜扎根在

田间地头，越剧中溢着阳光和清风

更带着泥土的芬芳。我记得有一次

听绍剧是在岁末，大片大片的雪花

掉落在黄昏，灯火中的江南人家
像极了一只只红泥小火炉

7

而江南终究是林草的江南
游鱼在云影和楼宇的倒影中吞吐浪花
很多的鸟鸣，是轻舟犁开或者漾起的
鸟鸣是怒放着的林草，而水在吟唱
水在林草的深处或者浅处吟唱
那一汪汪水灵灵的蛙鸣和耕耘的脚印
流淌着湿漉漉的稻香与日出日落

原始森林

何艺勇

男，1973年生，福建漳州人，福建省作家协会会员。作品刊登于《十月》《星星》《福建文学》等诸多报刊；三十多次在《诗刊》《星星》、中国诗歌协会以及各地作家协会等主办的全国诗歌大赛中获奖；诗作入选多种选集。

1

原始的草木、石头和空气

原始的蜘蛛网结在原始的空间里

网住了几只原始的蚊虫

现代的鞋入乡随俗。原始的脚步

踩出了声声原始的虫叫与鸟鸣

声音藏得悠远、隐蔽

仿佛来自我葳蕤的内心

我在原始的岩石下装了一瓶原始的泉水

坐在葱茏处满怀期待地喝下——

能否变成猿人或者野兽？

2

平起平坐。一个古老的族群

清一色的服饰、动作和眼神

清一色的梦：一同呼风、唤雨，驾驭四季

构建命运共同体

挺立千年的老族长在生命至上处

把握时空。分配阳光和雨露

错落有致，密不透风

找不到多余的地方和光阴

此刻，瘦成笔杆的我只是个多余的人

3

在原始森林里，我和老婆

两棵行走的树，无比的矮小

但与高大的古树平行——

我们都有直立的肉体和灵魂

守林员用行走坚守，树用站立

我用行走做人与做事，树用站立

我与老婆用行走拉近距离，树用站立

我看见，一棵抬脚欲飞的古树

它长着巨大的翅膀，跌倒在山沟里

4

古藤如水，逆流而上

爬上巨石，跃过山沟

用根的形象，一路追寻生命的源头

古藤爬上古树，穿越时光，跨越疆域

用永不分开的拥抱

见证矢志不渝的爱情

我和老婆不约而同地伸出了手

紧紧地缠绕在了一起

5

巨石放在巨藤旁

童年的螺鞭甩了过来，陀螺旋转如磨

从厚厚的青苔中磨出清澈的泉水

巨石放在巨树旁，像高尔夫球和球杆
我惊讶得把嘴巴张开成了一个球洞——
我的天啊！上帝正准备起杆

太阳慌张？地球张望？我靠近摸了一摸
心里的那块石头终于落了下来

6

几千年的原始森林里
漫山遍野的树木都齐刷刷地站了起来

脚底生根、身体发芽、心有刀斧——
我不是来砍伐的，我是来造林的！

天空之下，
泥土之上

赵剑颖

女，1971年生，陕西西安人，高级工程师，中国自然资源作家协会、中国散文学会会员。出版诗集《向光而生》《花海心田》《秦岭，陡立的思想》《沉积，塬》4部。

春风入林

如何把贪婪錾在心上的痛楚，全部抚平

配合泉水解冻的节奏，地平线的眸子渗出柔情

大地慷慨包容，阳光无私地叩开万物心门

洞穴里，松鼠大口咀嚼，陈粮快吃完了

要守着巨树，等花序坐果、壳斗炸裂

等榛子褪掉锐刺

送来成熟色泽充盈的满足，生命的意义如此简单

天空之下，泥土之上，自有神圣法则

独立的开朗与拥挤的幸福，在树木间达成通感

允许植物以风实现绿意覆盖，完成绵长永续的浸润

锦绣地

树心有秘境，打开锦缎，风景次第呈现

兰的静美，梅的铮骨，凤凰树的热烈，荟萃成诗

身侧旋转着银杏黄金的扇舞

我指尖可以触摸松针刺绣的斑斓画卷

采几片茶树新芽泡水，慰藉清苦的守望

摘一把悬钩子解渴，接受浆果醇熟后柔善的甘甜

滚到脚边的种子，很快就会发芽

昭示又一个全新的开端

一小片森林内部，也有龙吟虎啸，剑胆琴心

气韵流淌为飞翔姿态，意志矗立成挺拔高度

林草分层而居，而我植根最低处

践行生生不息的青绿色承诺

信念

榉树芽苞盛放超越鲜花的红

时间内部难以遏制的力量，喷薄而出

鸟儿的啼鸣落上野草柔茎，在腐殖土上弹跳

万物温良祥和，又沧桑多变

森林的世界循环演替，日日更新

繁花开了又谢，谢了再绽放

这美丽成熟安静地成为永生，稚嫩欢欣地走向

又一轮成熟

风雨磨砺中，青山深沉，且有稳固恒常的信念

不朽的价值值得以命呵护，千山万水在生光

万语千言的表白是一代代人，灵魂的座右铭

守林人

秋山层叠染色，林场挺直脊梁

到处是风制造的声音，如警示，似挑战

黄昏来临，护林人来回丈量着熟悉似掌纹的小路

训诫扎根泥土，长出繁花果实、鸟啼虫鸣

他与树木彼此欣赏，无语交谈，保持对季节的礼赞

生活交织着繁琐日志，白天孤单，夜晚寂寞

抛弃浮华，也放下了捷径和纸上雪

霜花挂满鬓发，他把简薄一生托付给乔木与灌草

群峰收容了数不清的青春，以成长的史诗，

延续挚爱的情感

森林笔记

高枝投下贴地阴影，风婉转而来

一朵花送出澄澈的笑，赞美染绿天空的心形叶片

灵动了山脊线的层云和素描季节的雪

鹿在饮水，它的枝状角与树木互相映衬

生命向光、向高生长，逐水、追风纵横拓展

众多小生物在隐蔽处，时刻准备飞奔而出

标注朴素时光，记录月晕、潮汐

时间经历的一切事件，都能在年轮找到契合点

尘世声音断续浮显，森林里高山流水的哲学持续流传

无尽辽阔

森林耸立那里，像从大地通往天空的阶梯

静默而安宁，庄重又纯粹，如巨人襟怀

以高于庸凡的视野俯视尘世，交互转换苍凉与热切

阴云有时布满山巅，枝叶在摇摆中轻轻喧哗

等雨水恩宠，滚雷在低空释放郁结情绪

树身以不移抵抗风暴侵蚀，仰望初晴的云霞

穹隆高远，星光落地处定会长出一棵树

灰烬重生为柔枝，对光敞开，为风低头

指向理想的光芒，长久照拂这颗星球土色的沧桑

以每一株草木的名义

李会生

男，1966年生，甘肃敦煌人，中国微型小说学会会员，中华诗词学会会员，甘肃省作家协会会员。在《金山》《精短小说》《北方作家》等刊物发表作品数篇，作品入选全国多种选本，多次获全国和省市级文学征文奖。

在河西走廊，在祁连山脉

在阳关内外，在戈壁沙漠

每一株草木，都有敞亮的胸怀

山坡上的树，戈壁上的草

都是一方水土的成色

林草人，最懂得草木赋予的深情

生长日月的地方，这里的草木是甜的

沁人心脾的果香，就是浓烈的烟火

林草人，也知茶禅一味，更知守护的责任

在戈壁沙漠，红柳、胡杨、骆驼刺

以自己特殊的本领，守护人类家园

林草人，又以光荣的使命，保护它们

风是一种语言，传达着自然对人类的影响

干旱沙尘，不是终其一生的方式

林草人，要救治枯萎的时序

每一个善意，都是一棵草木进化而来

所有的植物，都是人类的宗亲

披星戴月的林草人啊，谁又能没一颗草木之心？

站在戈壁里的沙枣树下，自会有清香的记忆

面对沙漠里枯倒的胡杨，谁又不心悸胆颤？

林草人，就把自己立成了不倒的胡杨

在崎岖的古道，野马野骆驼昂首相望

它们用安然的眼神，丈量与人类的距离

它们以长久的驻足，感恩守护人的付出

岁月是一本书，每一株绿，都是一部时光史

草木茂盛，野生动物安然

和谐的生态环境，才是我们喜欢的家园

林草人，就是自然和谐的书写者

每一株草木，都给你安慰

每一处繁华，都给你授勋

草木盛大，
人世有嗅不尽的清香

朝　颜

本名钟秀华，女，1980年生，江西瑞金人，中国作家协会会员。作品刊登于《人民文学》《天涯》《作品》等刊物，入选《21世纪散文年选》等选本，出版散文集《陪审员手记》等。曾获骏马奖、《民族文学》年度奖、丁玲文学奖、三毛散文奖。

1

草木之上，仿佛永远盛满星光

就像我的词语

永远盛满故乡的深情

围绕我的树叶，沙沙的声音，也围绕着光阴里

一次次烙印人间的烟火

泥土的芬芳气息在时间的指针上

似乎静止，却让夜晚归巢的鸟充满希望——

那是一种温暖，是沉淀于

生活的一个细节

都在演化的，"家"的意义，是高大的树冠

与天空面对，形成的安静与凝望

2

诗歌的美好，馥郁在森林中

我只为遇见那个今生必须遇见的人

走了很远的路

我必须慢下来才能与一棵树隐藏的黎明相遇

我可以与远方低声对白

也可以与一滴露水，袒露内心的期待

然后将心事留给云彩，将回忆留给对岸的山

3

身边的岩石和一小片青草地

在我讲述生活的过程中

似乎已经把自己，交给了与我相拥的鸟鸣

就像我的灵魂，盛开的事物实在太多

可是每一个点滴都值得重温

我只要把它们写在纸上，生命的意蕴就会与某种

潜行于纸背的思念，完整地融合

一只鸟的啼唱，就会与苍穹融合

它似乎不知疲倦

它似乎在守望着一条鱼，从水中吐露的秘密

岁月苍苍，万物如歌

4

当风翻越我所站立的山冈

蒲公英就变得

越来越喜欢旅行了

它放下泥土的记忆，但保留着胸口上

多年的洁白

它飞往异乡，但一直把故乡，读作不变的花开

5

我必须慢下来，才能看见阔叶林身体里

盛大的辽阔

才能看见一只金龟子用尽全力

发出的光。世间的跌宕不计其数，只有飞瀑修成了

一个人的碧水和幽深

此刻，我将掸落内心的灰尘

离开山的苍茫

此刻，我将面对疾风

书写飞翔。鸟群将会带走树木的清香

而我就在转身的一刹那，带走尘世喧嚣，以及前方

无数个路转峰回

绿色感怀

李复国

笔名苗雨，男，1959 年生，北京人，北京市昌平区作家协会会员。在各类刊物发表作品 300 余篇（首），并在各级文学比赛中获奖。

绿林，山岗，溪水，啼唱。清清的歌喉啊，流淌出甜脆的欢乐；绯红的脸颊啊，喜悦彩色的向往。扎进泥土，那是心中的赤诚；翩翩绿叶，是我们鲜嫩的梦想。我们是绿色的方阵，如同绿色的哨兵，站立长城的形象。联结起天与地跳动的心脏，我们是天地间——生命的桥梁。

我眼里生长的树，一棵、两棵，一行、两行……棵棵是我鲜活的眼泪，行行是我苦涩的渴望。根是血脉，怎能割断我与土地的痛啊！叶是耳朵，贴在母亲干瘪的胸膛。且慢挥动板斧，让呻吟的树木饱受摧残；别再冷漠无情，快为挣扎的幼苗抚平创伤。狂风呼救，雷电呐喊，毁坏林木，等于将人类自己埋葬！高山愤怒，大海咆哮，野蛮的砍伐，种下的必是祸殃。快放下铁一样的残忍，快进荒漠山梁，引来欢跳的河水，灌溉大地绿色的希望。

流水、琴弦，绿叶、歌唱……彩蝶纷飞着春天的舞蹈；百灵鸣啼着绿色的畅想。我们耕耘绿色，我们播洒阳光；我们礼赞生命，我们栽种理想。我们的心田生长着绿色信念，我们的胸怀喷涌着黄河长江。一只手就是一面绿色的旗帜，一颗心就是一轮绿色的朝阳——我们用勤劳的双手，为年轻的共和国打扮梳妆……

绿色属于年轻，绿色属于生命，绿色属于爱情，绿色的胸怀，向亲爱的祖国开敞。我爱绿色，我爱生命，我爱祖国，就像爱自己的眼睛和亲娘。啊，绿色，永远生长在我心灵——最神圣的地方……

绿色中国，
我们一直在行动

朱占英

笔名兰溪，女，1978年生，吉林长白人。在吉林省报、白山市报和"长白之旅""荒芸国风"微信公众号等发表300余篇作品。曾获白山市新闻一等奖，白山市宣传思想文化系统先进工作者、白山市优秀通讯员称号。

华夏千年的眼波里　青春依旧

神州明媚的四季里　生机盎然

当我　用多彩的画笔勾勒你的样子

当我　用深情的歌声讲述你的故事

当一首首　赞美的诗篇涌出我的笔端

我只想说

绿色中国

我是如此地爱你

从绿意叠荡的大兴安岭

到碧水丹山的武夷山

从荒寒高古的"三江源"

到"中国的亚马逊"海南热带雨林

从东北边境探东北虎秘踪

到秦岭腹地赏熊猫憨态

党的十八大以来

纵贯南北、横穿东西

中国生态文明建设

青春记忆　清晰如昨

绿色中国是不懈探索与追求

是中国特色生态文明发展道路

是党和国家领导集体的智慧擘画

是亿万人民多年接力奋斗的群像

绿色中国是绿撒大漠

是"沙逼人退"到"绿进沙退"

是毛乌素、科尔沁、呼伦贝尔再现"风吹草低现牛羊"

是塔克拉玛干戴上"绿项圈"

是陕西榆林"风沙王国"到"塞上江南"的华丽转身

绿色中国是绿染高原

是黄土高原由"黄"到"绿"的嬗变

是黄河、海河、松花江输沙量的逐年下降

是延安的荒山秃岭变满目葱翠

绿色中国是绿荫田野

是农业生产实现了"林茂粮丰"

是京津冀构筑起的绿色屏障

是东北"大粮仓"的稻粱飘香

绿色中国是绿兴民富

是让青山变金山

是让荒原变果园

是生态旅游、森林康养助力兴业富民

绿色中国是绿色丰碑

是"三北精神"引领全社会植绿护绿

是塞罕坝人在荒漠上写就的青春之歌

是时代楷模孙建博、郭万刚、李保国

艰苦奋斗、久久为功的奉献

是党的优秀干部杨善洲、张连印

绿化荒山、造福人民的坚守

跳动的
音符

绿色中国是绿色发展

是举世瞩目的"中国方案"

是深入人心的"两山"理念

是科技兴林的"点绿成金"

是发展林长制

是碳达峰、碳中和

发挥生态治理的"中国智慧"

让人与自然和谐共生

扮靓青山绿水

让天更蓝，山更绿，水更清

人民生活更幸福

奋进新征程，建功新时代

绿色中国

我们一直在行动

守望森林

孙敬伟

笔名闲疙瘩，男，1967 年生，吉林桦甸人，中国诗歌学会、全国公安文联、吉林省作家协会会员。著有《琴剑诗系·孙敬伟诗选》等诗集两部。曾获金盾文艺奖等多种奖项，被公安部评为"公安文艺工作成绩突出个人"。

每当清晨，他们就会被

几声清脆的鸟鸣唤醒

身披藏蓝色的警装

走进连绵的绿色中

敞开胸怀，拥抱呼啸而来的每一阵风

迈开脚步，踏查森林腹地的每一处山情

周而复始，他们练就了苍鹰一样敏锐的眼神

仔细洞察沿途的每一个角落

不放过每一个异常的声音

不放过任何一个火灾隐患

不放过一切形迹可疑的人

让不法者心生敬畏

让盗伐者闻风丧胆

让盗猎者无处遁形

他们在疏松的泥土里

撒下一串串脚印如埋下一粒粒树种

他们熟悉每一只山雀、树鸡、啄木鸟

熟悉它们的每一声啼鸣

他们熟悉每一棵白桦、曲柳、红松

熟悉它们的每一圈年轮

他们熟悉每一只狍子、马鹿、棕熊

熟悉它们的每一串蹄印

他们熟悉每一棵乌拉草、马齿苋、拉拉秧

熟悉它们的每一阵风吹草动

初春，他们不顾淫雨霏霏天冷路滑

亲近森林里的每一片鹅黄

盛夏，他们不顾蚊虫叮咬酷热难耐

抚摸森林里的每一串花红

深秋，他们不顾秋风萧瑟秋霜染鬓

品味森林里的每一片落叶

隆冬，他们不顾天寒地冻大雪弥漫

饮尽森林里的每一场暴风

他们深知，这连绵起伏的大山

郁郁葱葱的森林，就是他们的生命

日久天长，他们已和这片无边的绿色

融为一体，一脉相承

精心呵护着每一棵树木

执着守护着每一片森林

蓊郁的大山和他们做伴

山山岭岭、沟沟坎坎见证了

他们的担当与忠诚

在莽莽林海里深情守望

他们已经和十万大山日久生情

他们在这里扎根筑巢

一守，就是一万多个日夜

一守，就是大半生

杜鹃花开花谢、鸿雁飞去飞回

数十年的孤独守望，化作满天繁星

森林，因为他们的守望

更加郁郁葱葱

祖国，因为他们的守望

更加富强繁荣

跳动的
音符

他们把绿色扛在肩上，无悔任重

他们把盾牌刻在心上，竭尽忠诚

你们有一个共同的名字，
叫"林业英雄"

曹　钢

男，1978年生，山东淄博人，山东省自然资源作家协会全委会委员。有散文、诗歌、小说、生态时评刊登于中国绿色时报等。曾获得全国"梁希新闻二等奖"、中国绿色时报"十大生态美文"、山东省农林水工会庆祝建党100周年职工原创诗歌评比一等奖等。

这是一群躬耕于青山绿水间的最美身影

这是一组让林草人永远值得骄傲的光辉姓名

这是一份跨越70载却历久弥新的精神传承

你们是共和国生态建设中的时代榜样

你们在林业发展的不同转折期应运而生

你们有一个共同的名字，叫"林业英雄"

马永顺同志，您可记得——

当年抱病栽下的棵棵树苗

已经枝繁叶茂，永远扎根在巍巍兴安岭

就连您自己

也将伟岸的身躯站成了一株屹立不倒的青松

国家建设需要大量木材

您义不容辞，用一把简陋的锯子将沉睡的群山唤醒

"安全伐木法""四季锉锯法""流水作业法"

一次次为党分忧的大胆实验，

只因自己是新中国的主人翁

一句"给后人多留下一片青山"的誓言

您义无反顾，带领全家老少义务植树

让生态福祉泽被后代苍生

砍树，种树

变化的，是您手中改造山河的工具

不变的，是"爱国、创业、创新、奉献"的久久为功

马永顺同志

您把对党和人民的无限热爱

全部倾注在跨越半个世纪的林业建设中

您用无私和奉献

在人民心底铸起一座绿色的丰碑——林业英雄

余锦柱同志，您可知道——

当您像父亲一样，将心爱的望远镜交到儿子手中

也完成了祖孙三代守护绿水青山的接力传承

41 载与大山为伴

29 个除夕夜的孤寂与清冷

30000 次准确无误地观察火情

我不知道，茫茫林海您见证过多少回四季轮转、山河换装

我却知道，崎岖的巡山路上

那一串串深深的脚窝就是千里瑶山最好的证明

秋冬风霜严寒

夏有热障毒虫

那划破夜空的闪电可以将瞭望台击毁

却无法将您守护绿水青山的信念撼动

余锦柱同志

市民眼中的生态美景

却是您心底无法割舍的牵绊与柔情

您用坚守与无畏

在巍巍群山间镌刻下一个闪亮的名字——林业英雄

孙建博同志，多少次我都想问问您——

时光无情地消瘦了您的面容

"活着就要永远奋斗"的初心却愈发坚定

在您病残的身躯里究竟有什么样的力量支撑

哲人说，无数个十字路口的抉择成就了不一样的人生

在您的选项里却写满了自讨苦吃的淡定与从容

您忽视了自己的家庭

却成为原山"一家人"的主心骨和"定盘星"

您扛起了"要饭林场"的千疮百孔

却用"一场两制"的神来之笔，打造了全国改革的样板和林草"明星"

您把 5 个困难单位的包袱压在了自己的肩上

却挺起了共产党员无愧于人民的铁骨铮铮

林场的职工不会忘记

漫天风雪，您蹒跚的脚步带领大伙儿穿越了 1996 年的寒冬

山城的百姓不会忘记

为了消除火灾隐患，您毅然跳入迁坟的深坑

北京医院的医护人员不会忘记

1 年 4 次大手术的您，牵挂的永远是林场的姐妹弟兄

孙建博同志

您常说，初心使命就是自己的生命

您用担当与忠诚

谱写了一曲感天动地的奋斗者之歌——林业英雄

马永顺、余锦柱、孙建博

你们同样是共和国林草战线的普通一兵

你们同样用毕生的心血描绘出一幅幅绿色丹青

你们同样把自己忘记，却又让群众深深地记起你们的姓名

七十载大江东去

七十载风雨兼程

当所有的记忆都定格为历史的永恒

所有的历史又指引我们砥砺前行

面对英雄，我们一次次对标自省

面对英雄，我们叩问初心和党性

我们要像您那样，把林草人的担当深植于心中

我们要像您那样，践行"两山"理念、开启美丽中国建设新征程

——开启美丽中国建设新征程

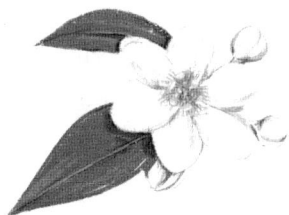

葱郁的祖国，
沿着草木的脉息拔节

周　婷

女，1962 年生，陕西西安人，陕西省商洛市作家协会会员。有小说、诗歌、散文在多家报刊发表。多次在全国和省级诗歌和征文大赛获奖。

我的国

只有蓬勃的绿和挺拔的时代

才可做你苍茫的背景

苍穹之下，远山如黛，碧树像大地的灯盏

我听见万千生机，路过你的风景

没有比这更恢宏的气势

给我一百八十万亩的辽阔，

让绿色奔跑，飞翔，生长

一排树木站起来，做了大地的睫毛

让疲倦的目光，长出高高的绿树，

擎起长长的云天

有一项工程，叫天保工程

有一种颜色，叫中国绿

曾经的三月饥渴，贫瘠，煮鹤焚琴

一个民族喂养了几个世纪

春天依然骨瘦如柴

走进新森林法，走进党报的号召文章

绿色，重启人与自然的生态链

40多年，绿化示范乡镇，城郊森林公园，生态休闲绿地

应运而生，筑起绿色生态屏障

绿色，一种可以用青春

用生命种植的色彩

如果小兴安岭是镶嵌在祖国版图上的"祖母绿"

那阿拉善水草肥美的湖泊就是聚宝盆

绿色引擎加大马力

林权确立，写在祖国暖融融的春天

叫停天然林商业性采伐，流转林地

捆绑了林业脚步半个世纪的绳索，松开了

我们是大地真正的主人

风梳林草，百鸟啼鸣

为了青枝不在弯曲，鸟鸣不在弯曲

意志不在弯曲

海归硕士吴向荣的腰越来越弯曲

黄沙滚滚的阿拉善沙漠，十八年

一个团队种树 190 多万棵

这些树，有一个好听的名字，锁边绿色屏障

在他的林子里，我愿意成为一粒鸟鸣

闭口缄默，交出所有的词语

成为绿色诗意的一阕

绿，一支生命的笛子

葱郁，旺盛，坚韧

在修长的笛管拔节

重温习近平总书记讲话

林草兴则生态兴，生态兴则文明兴

绿色的康庄大道上，总有一些为绿而生的勇士

"造梦者"王成帮把绿色揽进怀抱，把耄耋举过头顶

采撷一脉清水，采撷一脉汗水

把春天的梦擦亮

在库尔勒，30 多年义务植树 150 万余棵

"成帮柳"是一棵树的名字，一个风景的名字

也是一种精神的名字

从沙海到林海，从卖木材到卖生态

绿色像涌动的潮汐，充满张力的诗句压弯枝头

走近森林，走近绿色，呼吸诗歌

比如：月亮湖，一尾衔着水草的银鱼

拍打苍翠芦苇的肺腑

一棵树、一座工厂

把绿色打磨成一粒名词

染绿了的版图，沿着草木的脉息拔节

塞罕坝印象

秋　石

本名洪建科，男，1962 年生，安徽无为人，中国诗歌学会会员，安徽省作家协会会员。作品刊登于《诗刊》《人民日报（海外版）》等报刊。著有诗集《大地的青铜》。获第二届刘半农诗歌奖等各级奖项 80 余项。

坝上高原，塞罕坝

大兴安岭余脉与阴山山脉

掰了亿万年的手腕

掰出一座美丽的坝上高原

塞罕坝，望文生义

一直以为是一道水坝子

海拔 1010 至 1939.9 米，最低气温 -43.3℃

112 万亩森林

——一组枯燥的数字

而那些落叶松、樟子松、白皮松、油松、云杉、白桦……

那些混交林、阔叶林、灌丛、草原、草甸、沼泽

与水生群落，

因为，一群拓荒者

一句誓言，一手绝活

成了云的故乡、花的世界、林的海洋、鸟的天堂

塞罕坝，是谁挥舞着一把长长的利剑？

斩断了漠北狂野的风

把浑善达克沙地漫漫黄沙缉拿归案

塞罕坝人把奇迹刻在一丘丘粗粝的沙粒上

塞罕坝精神猎猎作响

——一竿大纛横扫大漠孤烟、长河落日

在七星湖，做一个马放南山的人

塞罕坝，七星湖，一个诗意的名字

七口水泡子

与森林、草原、草甸、湿地、沼泽有关

与负氧离子和蓝天白云有关

与康熙大战噶尔丹古老的传说有关

177

那么亮的一湖水

养活了多少星星和月亮？

木栈道上走一圈

一湖水生植物，还我半壁江山

一湖水鸟，救活多少内心的池塘？

路漫漫兮，偷得浮生半日闲

在七星湖，换一次肩、歇一次脚

做一个马放南山、心无旁骛的人

塞罕坝的蘑菇

林子大了什么鸟都有

当然，不乏一些五花八门的蘑菇，在塞罕坝

叫得上名字的有白蘑、松蘑、草蘑、龙耳蘑、鸡爪蘑

叫不上名字的就叫菌子

就像故乡的亲人喊我的乳名——狗蛋，人人皆知

塞罕坝的蘑菇吃阳光、露水、松针、落叶、腐质土

也吃牛粪、马粪和羊蛋蛋

塞罕坝的蘑菇自由迁徙

一边是草原，一边是森林

塞罕坝的蘑菇具有混合血统

一份是满族，一份是蒙古族，一份是汉族

在塞罕坝，我捡了一袋蘑菇

美味的，柴鸡炖蘑菇，舌尖上花香，也有鸟语

有毒的，放归山林，就像母亲一年一度的放生

塞罕坝，云、湖泊和湿地

云是水之魂，在塞罕坝

踮一踮脚尖

够得着一朵一朵的云，棉花似的

如果有棉弓，弹一床雪白的被

此刻，我突发奇想

可是，那么多的云

来无踪，去无影，我一直两手空空

好在那么多的湖泊和湿地

一朵一朵的云

落在水里的，喂了鱼、天鹅、黑鹳和水鸟

落在湿地的

蹿出一丛丛、一簇簇假鼠妇草、山鞭草、蓼草……

好在塞罕坝的云，去了又走，走了又来

像我，在人间，一朵晃晃悠悠、飘忽不定的云

山 魂

支 禄

笔名晓织，男，1970 年生，新疆吐鲁番人，中国作家协会会员，吐鲁番市诗词协会主席。作品刊登于《诗刊》《星星》《诗选刊》等刊物，入选 2015 年最美新疆人，出版《点灯 点灯》《风拍大西北》《九朵云》等。

护林员

草，不停地跳呀

是草想告诉

让你坐下来

和他说一会话

不长不短

把心儿刚好揖热就够了

叶子，在头顶哗啦啦响时

树上最高的叶子

看到暴风雨来了

劝你赶紧回家

门一闭，追来的暴风雨

关在了门外

太阳提到嗓门的心

才能款款放下来

风，把太阳送到

西边的山头

还得负责把星星接回来

顺手提几朵白云

把山中的歌谣擦亮

暮色中的苏伦沟

几百里的山林

月亮远远地蹲在山头

望着起伏的山河

只有月亮懂你的心

一个大山深处的护林员深知

心，一枚果核样

种在起伏的山林

寂寞就不会

把一个人连根拔起

想镇住十万亩山林

自己先得成为

一棵老老实实的草

才能王一样蹲在山头上

一个响亮的呼哨

手臂一挥，鹰不再绕弯

从高高的云端垂直而来

伙伴

阿黄是一条狗的名字

你从来不说

是一条狗，不停地喊阿黄阿黄

以至于大山听惯了

你一喊，大山也跟着喊阿黄

大山深处

野鸡野兔野猪野牛野骆驼

野惯了，以浪荡名扬山林

和阿黄喜欢做朋友

多一个朋友多一条路

山里的一棵草，背得滚瓜烂熟

风里雨里，阿黄就是你的

一只眼睛

上山下山，把你看不到的说给你听

阿黄是你的一条腿

你爬不上的雪峰，它替你爬

你走不到的远方，它替你去

有一回，阿黄说自己老了

提前接一条回来

阿黄把话说完，老得很快

剩下的几天时间

来不及接，阿黄眼睛一闭

腿一蹬突然走了

伤心欲绝了好几天

三百里草木，竟然跟着蔫了好几天

阿黄葬在门前

来年阿黄的坟头长出一棵树

秋天后，树下树上

全是阿黄的那种黄

左看右看，山里长出来了阿黄

寂寞的时候

你朝远天远地喊两嗓子

树，传来回话

嗓门洪亮，一如原版的阿黄

星星撒满天空

树，活蹦乱跳

借着月光看到

又一条阿黄上蹿下跳

起风了，你想哭出眼里的沙子

那棵树勾下头

抵在怀里不停地汪汪

猛然想到阿黄

刚到山里就这样淘气

死了就埋在阿黄旁

脊梁杆上种一棵树

来生守护山林，继续做铁杆儿伙伴

跳动的
音符

每一片叶子，
都是绿意奔涌的祖国

曹银桥

男，1986年生，湖北当阳人，海南省作家协会会员，海口市作家协会副秘书长，海南省人民政协理论研究会会员。作品刊登于《星星》《诗选刊》等刊物，多次在全国和省级诗歌和征文大赛获奖。

我们如此热爱奔腾

就像春天的绿意奔赴大地

从长江出发，一路浩浩荡荡，滔滔不绝

任青春盛放在繁茂的岁月里

只把那碧日灿阳大笔一挥

谷子、麦子、玉米粒都鲜活了起来

碾子、磨盘、石杵都沸腾了起来

山河远阔，风也宽阔。绿色的翅膀扶摇直上

或以鱼米之乡的姿态回归

于大地的深处，溅起一世繁华

因此，每一片叶子里

都有一个绿意盎然的祖国

每一次对绿意的奔涌

都激荡出一曲生命的赞歌

一路高歌婉转，醉人心扉

低吟出海上丝绸之路的东方秀美

沙漠、戈壁滩、荒原都多情了起来

山河湖海、四野八荒都缠绵了起来

烟雨与文明碰撞出抑扬顿挫

以浩渺的漫长过往，晕开万里江山图

载满一朵浪花的宿命

在春暖花开时，落地生根

每一抹充满生机的勃勃绿意

都生于大地，奔腾于大地，最后归于大地

其后，把每一个平凡的日子折成一张信纸

寄给热爱生活的人类，寄给城里呼吸着的灯火

看那闾阖沉沉而起。帆船邂逅波光，渔人打捞落日

我们骑马踏过薄薄月色

身披的殷殷曙光照亮了漫山遍野

照亮了古人，也照亮了今天

绿意中，有你有我

有"绿水青山就是金山银山"的掷地有声

有"绿我涓，会它千顷澄碧"的奋斗足音

有荒原变林海的塞罕坝人间奇迹

还有大江大河擎举起的猎猎红旗

绿色，生命会义无反顾地奔腾向你

哪怕浪掷一生光阴

也要让月亮湖盛满槿花盛开的诗意

让流水继续雕刻历史的荣光

一片绿叶，两片绿叶，千万片绿叶

汇聚成美丽中国的壮美画卷

汇聚成人民群众的美好生活图景

路过每一棵通衢花树的遐思

路过每一个拥有梦想的背影

最终化作点点繁星，密布熠熠燃烧的穹顶

又将在朝阳升起的时刻，化作片片帆影

远行——在民族复兴的辽阔大海之上

大山里的"老板"护林员

刘　巧

女，1988年生，四川什邡人，中国诗歌学会会员。作品刊登于《诗刊》《星星》《诗歌月刊》《西藏文学》《鸭绿江》《中国铁路文艺》《星火》《台港文学选刊》等刊物，诗歌入选《2020四川诗歌年鉴》、中国诗歌网征文选等。曾获什邡市政府文艺奖、阿来诗歌节诗歌征集铜奖等。

1

在遂昌县安口乡桂洋村　林场里的

每一棵树　每一朵花　甚或每一棵草

都是范先成的老朋友

他清了清嗓子　唱了一首山歌

林间的鸟鸣齐声合唱

阳光穿过树叶　晃动的树影　宛如自然的交响

清风吹着林场　吹出一段往事和回忆

细雨飘散林场　静静梳理护林员的柔情与思绪

月光照耀林场　月光柔媚成绿色的谣曲

鸟儿栖息林场　与范先成成了一生的朋友与知音

我想　只有真正热爱绿色的人

只有真正把每一棵树当作亲人的人

只有把青春、汗水、生命、誓言全部献给林场的人

才配拥有这样的称号：护林员！

2

身处都市的人远远体会不了范先成的幸福

他守护了群山的连绵　守护了丛林的绿

让天空的湛蓝有了诗意　让白云的眸子里有了感恩

天际的流星　在滑向天边的刹那

都要回转头　看一看　这里的美与宁静

他是在用全部的热血写下每一个动人的细节

他看着松树、柏树、水杉健康成长

看着一只又一只珍贵的鸟儿来林场安家

面对着无声的林场　于日出日落间

安放朴素的灵魂　就这么静静地注视一朵花悄然开放

就像看着自己的女儿长大成人

那生长和绽放的美　如同情感酿造的甜酒

3

我更愿意称他为森林之子　更愿意

把他的微笑叠进蓝天里

当我看见树木向他敬礼　花草向他致意

我的眼里涌动着真情的泪水

坚守　是一个浪漫的词

把绿色还给自然　把生命还给万物

把无法言说的美还给大地的诗篇

当护林员的脚印一个一个留在群山之间

我就知道　一粒一粒复活的种子

提纯着爱和希望

那一颗守护森林的心　怎么看

怎么都像是大地的赞美　自然的馈赠

一缕风，
在九寨沟奔走相告

刘友洪

男，1968年生，四川乐山人，四川省眉山市政协副主席，中国散文学会、四川省作家协会会员。先后在《文艺报》《人民政协报》《中国文化报》《中国旅游报》等报刊发表文章数百篇，多次在全国征文大赛中获奖。

2017年8月8日九寨沟遭受了怎样的一场劫难呀，山崩地裂，美景不再。经过四年多林草人的努力，2021年国庆节九寨沟重新迎客，涅槃重生的九寨更加迷人，来自四面八方的游客又醉倒在这片神奇的山水间。

——题记

1

雪山之巅，旭日阳光冉冉升起。

咔嚓一声，一指冰川，从千年睡梦中醒来，揉了揉眼，跐溜一下，像一尾鱼一样地，顺着雪山脊线，"咚"，落进了九寨沟的长海里。

这声咔嚓，惊起了一缕风。风伴着水，来到九寨沟，随着那一声"咚"，一同落进了长海。

瞬间，长海在风与水的世界里，凝固成一幅油画。

2

这缕风，被高原的海子迷住了。

这缕风，在长海徜徉，长海的湛蓝染了风一身的颜色。在九寨沟的风情万种里，风与水相融，天与地相接，山与水，雪与峰，刚毅与温柔，汇成这蔚为壮观的浩瀚烟波。

这缕风，别过长海的大气，五花海的迷幻，五彩池的绚烂，老虎海的斑斓，悄悄来到镜海——它怕吹破了如镜的水面，怕吹皱了水中的倒影，它如此地轻手轻脚，轻言细语，以至你都没有感觉到它的存在！直至高原的凉意让你惬意地伸了个懒腰，你才知道，这缕风，原来一直就陪伴在你的身旁。

3

风奔跑在莽莽高原。

在离天更近的地方，上帝早早就给九寨沟换了道色彩。彩林与海子，雪山与蓝天，成了九寨之秋的主角。风划过树梢，惊起片片黄叶。红桦也跟着起舞，它那扬起的树皮在风中如鲜红的旗帜迎风招展，那是在为冲锋的战士摇旗呐喊。另些浅色的红桦，却如玛尼堆的经幡哗哗作响，那是在为远道而来的游客祈福。

4

水在地上跑，风在天上追。

风儿有时却是自个儿去贴着水面，像捉迷藏似的，弯弯曲曲，歪歪扭扭，肆意地，没有任何轨迹地，自由而随性。忽地，从某处窜出，与游人撞了个满怀！

水儿也不服输，一纵身，从树根下、树丛间奔涌而出，像是急急忙忙去远方赴约，又像是去追赶那缕清风，率直，野性。累了，就在蓝色的海子里打个盹，或躺或卧，久久不肯离去。直到风儿邀约水儿离去，水儿才万般无奈依依惜别，但水儿好像有什么地方还没看够，又打着旋儿转了回来……然后……然后才义无反顾，与风一道，奔向远方，奔向未来。

5

我这是怎么了？每次走在九寨沟，我都文思如泉涌；今天面对这涅槃重生的九寨，竟写不出一句完整的诗来。

这缕风，吹动了一池秋水，五花海成了块块翡翠，镶嵌在这神奇的青藏高原，在阳光照射下闪闪发光。那翡翠，竟然是曲面的，这分明景德镇陶瓷的窑洒在了这深山峡谷之中，随意，魔性，好似那水下还有一个精彩的世界，紧紧吸住了游人的目光，久久不忍挪开。

我该用怎样的诗句来形容这童话般的世界呢？

也许，九寨沟本身就是一首诗，我再美的诗句在她面前都是多余。

青山不墨，
绿色溢出雄浑的诗句
——为林草人写一首赞美诗

杨文霞

笔名苏美晴，女，1970 年生，黑龙江大庆人，黑龙江八一农垦大学副教授。作品刊登于《诗刊》《星星》《青年文学》《青年作家》《草堂》《文学港》《扬子江》《上海文学》《诗歌月刊》；已出版诗集《在身体里行走》《午后，落雪》。多次在全国征文获奖。

1

他们是树，把自己也栽种下去

他们不是一棵普通的树

千里松林万里林海是誓言的工具

他们是草，春风中不死，绵延在绿色铺垫的诗情里

以萌芽萌生，用身体开枝散叶

我写到青山不墨，就写到右玉、塞罕坝、大兴安岭

写到一代又一代林草人，用百万亩的林涛扩容自己

一棵树，又一棵

在回顾的历史中走出风沙紧逼的严峻形势

走出逐渐稀缺的林木，走在冰天雪地，

双臂聚集松涛万木的武林

他们是一种绿色生态的碑铭

以十年二十年五十年，一代两代三代林草人

种下鸟啼轻唤的自由

一池醇香的绿墨不断凝结

以绿色的珠佩戴在祖国的胸襟

伴着绿色广义的日历，被翻阅的负氧离子

把自己书写成自己的道路

把每一棵树都崇敬为自己灵魂的寄宿

2

从塞罕坝写到右玉

写到一种精神烟熏了慷慨的文字

写到透着绿色光景的山水地理

写到大兴安岭一个人与整座山

就写到新一代林草人，用身体蘸满绿色的醇墨

他们像会行走的树，吃过冰雪

用肺腑与风沙比过怒吼

他们用一棵树计算着绿意喂养的地理

以传奇亲历林海伴读的时刻

让一张扩印的请柬，包含一棵树非凡的命题

让某年某月某日，定格在一棵树与另一棵树之间

让目光像一个鸟巢搭在绿色的绒布上

用一片绿色的脉络找到初心以及幸福的道路

仿佛一根枝丫附上一首完整的赞美诗

肥厚的叶片是，鸟唱也是

而根是悟道的春天，感觉着他们迎来峰峦万象的启示

3

有时候是塞罕坝一棵松，

有时候是马永顺种下的小树苗

有时候是右玉书记的笔记本，种树种树，还是种树

我就是写下了 369 名青年怀揣远大的抱负奔赴塞罕坝

建设美丽的高岭

我就是写下尚海纪念林、马永顺纪念馆

写下青山与绿水常在，化成永恒的诗句

写下一棵树护卫者的脚步，蕴蓄着新时代崭新的画卷

在林海松涛的辽阔里壮丽了的俊美

在浓郁的绿色里囤积丰富的情感

宣读绿色溢出雄浑的诗句

一个右玉又一个，一个塞罕坝又一个，

一个马永顺又一个

一幅波澜壮阔的长卷，站满绿意的音符

而他们用自己的身体去弹奏

猛然拉出一串鸟啼，好像是幸福默念的祷词

好像是在绿海林涛里才能拯救那些不俗的比拟

4

是的，绿色的不俗深刻被诠释

一棵树就是一个生态系统

在每一棵树的履历上，都是高瞻远瞩的宏文

为子孙造福

每一棵树激活一句诗的吟诵之音

用生态报表的价值评估他们决绝的脚步

是的，诚实的绿被一棵树披挂一身

奋斗中开满奇花异草

新时代的林草人编撰一棵树，还是一棵树的新时代历史

提纯的芳菲写下努力与再出发

在生态建设的范例上签署自己的名字

一端是森林，一端还是森林，另一端还是

鸟雀找到栖息的绿荫，在青山换装的辽阔中

生态的思想已经根生

"变沙地为林海，让荒塬成绿洲"

铸就氤氲的山水在幸福里激滟

生态、低碳、绿色的铿锵拓印一棵树立体的诗句

有人将绿露滴在眼睛里

有人用心捧着不容打碎的绿色容器

而我看见的是他们

以一棵树的样子扎根在葱郁与风华中

与一棵树捆绑在一起，化成不容断句的碑铭

为林海倾其所有

用理想与梦想构筑历史与生态的思索

我是森林，你是草原

陈梓铖

女，2002 年生，江苏苏州人，江苏师范大学文学院汉语言文学专业 2021 级本科生。曾在第六届全国高校"爱江山杯"中华通韵诗词创作大赛等活动中获奖。

我是森林　你是草原

数亿年前的裸岩

几经演替

形成了我们如今的模样

你有你的"草色遥看近却无"

遍地扎根　向阳生长

那春风吹又生的坚韧力量

成为永久希望的象征

我有我的"两岸青山相对出"

郁郁葱葱　满目苍翠

那不变的青山有色

是我写下的葱茏诗行

岁岁有枯荣

我们在四季轮回中更改容颜

春风年年绿

我们在华夏大地抒写盎然诗篇

我们也曾遭受浩劫

那是撕心裂肺 难言的苦楚

我眼睁睁地看着你被无情地伤害

烈火　或是斧锄

断骨的疼痛我也从未忘却

可新时代的人们

终究是明目的呀！

当你有更多的小伙伴拥抱大地

当我的身旁出现了陌生或熟悉的朋友

当我看到络绎不绝的人们走向荒漠地带

听到他们喊出"林业兴则生态兴"的口号

致力林草事业时

昨日心酸的呜咽

终将汇成一首欢歌

我忘不了人们称自己为"林草人"时

那脸上洋溢的自豪

我忘不了"绿水青山就是金山银山"的豪言

那指引向了更为光明的未来!

望一眼腾格里西南
乔木林立

肖佑启

男，1962 年生，湖北武汉人，政工师，中国诗歌学会会员，广东省作家协会会员。曾获第二届"新疆是个好地方"全国诗歌征文比赛优秀奖，《诗刊》举办的"湾区枢纽，精品中山"全国诗歌征文优秀奖等。

去红水村

给他八千三百多亩腾格里沙漠

栽种桦棒、梭梭、毛条、拐枣、沙枣、榆树

用木棍打穴

亦或用铁"掘木"

哪一种不易水土流失

哪一种更节省挑沟挖坑的劳力

买双峰骆驼，驮水，浇树，一瓢，一瓢

一瓢水是引水，诱地下水

眼里看得见苗木的渴望与欢欣

如果倒伏，扶正，再浇一瓢水

如果避开风口，绕道西南缘

他说

浇着浇着，许多苗木就活了

像渴不死的骆驼，走慢四步

儿子的脚印覆盖父亲的脚印

从此，不问口渴、食谱、收成

不问何时扬沙

如果沙漠有丝毫懈怠

他立即愿意，用手，用几十年的阳寿

兑换绿洲

一捆草，一捆树，一把锹，一桶水

沿着起伏的沙丘走

不嫌早，不嫌晚

他都知道，哪里最适合栽种

喉咙干痒，咳几声

有的苗木在拱

有的在施防晒术

投入一百万够不够

修一千四百平方千米的防风阻沙林带够不够

栽种苗木七百万株够不够

如一篇经典美文是令人念念不忘的

如一幅印象画是令人拍案惊奇的

按捺不住，我大喊一声

有请王天昌、王银吉父子

跳动的
音符

传 奇

赖 艳

笔名明月长安，女，1983 年生，江西赣州人。散文《阳光灿烂的日子》《青城山之歌》分别荣获红旗出版社、中国妇女报社承办的"书香三八"读书活动第九届三等奖、第十届一等奖。

谁曾想

"飞鸟无栖树，黄沙满天飞"

竟曾是塞罕坝最真实的模样

一棵松

如浩渺夜空的一颗启明星辰

照亮了夜归人的心

如莺飞草长时一点星星之火

点燃了造林人的梦

因为信仰

他们一代代人驻守塞罕坝

用青春理想诠释着绿色发展

月笼轻纱

茫茫荒沙地远看无尽头

心有相思意遥寄故乡人

脚却生根般守望荒漠里

"树不种活不下坝"

这是塞罕坝人守望的信念

因为信仰

他们一代代人驻守塞罕坝

用艰苦奋斗书写着心中愿景

天寒地冻

饿了，吃咸菜、啃窝窝头

渴了，饮雪水、喝沟塘水

困了，睡窝棚、躺地窖子

"恢复植被，阻断风沙"

这是塞罕坝人书写的愿景

心中有信仰，脚下有力量

他们一代代人驻守塞罕坝

用甘于奉献描画着美丽中国

拖拉机上不去时

肩挑背扛运送树苗和黑土

机械开发不了时

一钎钎挖坑种植小树苗

小树苗成活不了时

苦心研发"三锹半"植树法

水分蒸发太快时

植树时树根处覆上一层薄膜

六十年

一代代塞罕坝人用心血筑起了滔滔林海

六十年

一代代塞罕坝人用汗水绵延了绿色版图

六十年

一代代塞罕坝人用智慧谱写了永恒传奇

谁又曾想

林海苍茫绿接天，层林尽染漫山红

这竟是塞罕坝如今最美丽的模样——

雨后阳光

穿过林中绿叶间隙洒落下来

绿草地霎时披上了波光粼粼的外衣

高天流云下

落叶松、樟子松、云杉傲然挺立

金莲花、山罂粟、柳兰争奇斗艳

这是一片林的海洋

百灵鸟、金翅雀、黄鹂在这里恣意徜徉

这是一片花的世界

花蝴蝶、蜜蜂儿、甲虫在这里心醉流连……

"老坚决"你在哪里

李应华

男，1977生，河南商丘人，人民教师。作品刊登于《民主与法制》《大河报》《河南日报》《商丘日报》《京九晚报》等媒体。多次在全国及省征文中获奖。

老坚决，你在哪里

太阳点点头

他在这里，他在这里

他长眠在商丘林区

老坚决，你在哪里

风儿回答说

他在万庄林场

正在休息

老坚决，你在哪里

鸟儿欢唱道

他在万亩梨园里正笑眯眯

看美丽少女嬉戏

老坚决，你在哪里

河水流淌

他在这里，他在这里

随着我们流遍了豫东大地

老坚决，你在哪里

高大的泡桐朗声道

我们在用美丽的泡桐花

给他祝寿当贺礼

老坚决，你在哪里

林涛阵阵

他在这里，他在这里

他屹立于神州大地

老坚决，你在哪里

小学生说

他在这里

在我们的课本里

老坚决，你在哪里

农民们说

他在碧绿的田野里

他在坚韧的白蜡杆趟里

老坚决，你在哪里

干部们说

他在这里

他在我们的心里

老坚决，你在哪里

党员们说

他在这里

在我们的言行里

老坚决，你在哪里

林业干部和工人说

他在这里

豫东大林网是对他的记忆

缀网劳蛛是你的传奇

防风固沙

百折不回

是你书写的美丽

心系百姓，艰苦创业，敢为人先，百折不挠，无私奉献植树造林
是你践行的人生真谛
你虽然不识字
却让人们明白了许多大道理

老坚决，你在哪里
甘甜的酥梨
醇香的花生
坚韧的白蜡条
豫东郁郁葱葱的大林网
是你的化身和寓意

老坚决，你在哪里
大地回答说
他在全民植树的绿色梦里
他在改革开放的时代梦里
他在富民强国的发展梦里
他在全国人民的"中国梦"里
他更在习近平新时代中国特色社会主义的
"生态梦"里

绿色的诗

王文福

男，1952年生，河南孟州人，军队退休干部，河南省作家协会会员，中国音乐著作权协会会员。诗歌刊登于《人民日报》《光明日报》《解放军报》《词刊》《解放军文艺》等报刊，《军旅情思》入选"新诗百年千家诗集"收藏项目。

相逢林场

绿色的空气，绿色的阳光

绿色的韵律，绿色的诗行

分别多年的战友呵

相逢在这绿的天堂

记得你退伍后来信

说你当了林场场长

不过只有一座荒山

当然，还有热血一腔

看你还和当年一样爽快

只是少了那身威武的戎装

望着这绿色画卷我明白了

你把军衣披在荒山身上

而今，哪里去寻荒山的影子

到处是绿的舞蹈、绿的歌唱

你的青春已悄悄离去

大山的青春正重新闪光

草原的路

草原的路在哪里

天空蓝得无边无际

大地绿得没有缝隙

草原的路呀

在骏马的蹄下

在雄鹰的翅膀上

在牛羊的咀嚼声中

在雨雪的脚印里

没有路的地方

到处都是路呵

草原的路

被白云铺在天上

被绿草绣在大地

我们的诗

树坑是格，树苗是字

大地做纸，我们写诗

任春风把我们的汗珠摘去

任春雨把我们的笑声打湿

写下我们的希望

写下我们的意志

我们的诗篇最清新

我们的情感最真挚

我们的诗是写给春天的

愿春天永远把大地统治

我们的诗是写给祖国的

愿祖国永葆青春的英姿

跳动的音符

我们的诗是写给未来的

愿未来都是绿的节日

山行

前边是绿

后边是绿

左边是绿

右边是绿

抬头是绿

俯首是绿

穿过枝叶的阳光

好像也绿了

洒在林间的鸟声

好像也绿了

如果沙漠来旅游

定会气死在这里

下次我要穿上

当年的军衣

给这座山添一片

军人的绿

通向若尔盖大草原的路与梦想相连

乐　冰

男，1966 年生，安徽宣城人，中国作家协会会员，海南省诗歌学会副主席，海口市作家协会副主席，海南省文学院签约作家。代表作《南海，我的祖宗海》。

若尔盖大草原位于阿坝州境内，是中国三大湿地之一，有"川西北高原的绿洲"之称。这里景色迷人，动植物种类繁多，物产丰富。

——题记

1

风吹若尔盖大草原，掀起绿色的波澜

看谁更有定力，看谁拿得起、放得下

细思量功名有多重

是头顶的浮云，还是脚下的一根青草

这让我想起脚踏实地才是人间长道

其他的，就像一阵风吹过

每个夜晚，我都要分娩一个梦

梦中，阳光抚摸绿色的大草原

风翻阅草原上的格桑花、马兰花……

我要像草原上的雄鹰，俯视一朵白云

我把绿色写进诗里，我把春天写进诗里

草原上的风啊，把我心中不愉快的记忆吹走了

2

请允许我对若尔盖大草原说出三个字：我爱你

我会一天天老去

这三个字，再不说出来，机会将越来越少

人生如风，风是抱不住的，那就拥抱草原吧

坐在若尔盖大草原上沉思，把梦交给一片绿色

我知道，我的胸怀没有大海宽广

但如果能像若尔盖大草原一样，我也心满意足

亲爱的若尔盖大草原

拥有你，生活额外多给了我一份爱

3

如果把我留在草原上

哪怕只有我一个人，我也不会感到孤独

蓝天、草原、人成为一个整体

只要有马儿陪伴

只要有牦牛陪伴

只要有歌声陪伴

只要有格桑花陪伴……

作为一个男人，应该到草原上驰骋

那顶天立地、自由奔放的感觉是一个男人应该有的

人生不过昙花一现

要绽放，不如到草原上去，骑一匹骏马

通向大草原的路是绿色的路，与梦想相连

4

美丽的若尔盖大草原，像一颗碧绿的宝石

闪烁着耀眼的光芒

站在一望无垠的草原上

我是那么的渺小，好像是草原上一棵无名的小草

我借一阵风，吹一首《美丽的草原我的家》

表达我对若尔盖大草原深深的爱恋

若尔盖大草原就是我的天堂

一壶青稞酒就可以把我送到仙境

5

若尔盖大草原有一种魔力，我看不到一丝的忧伤

我看到的是：人和万物和睦相处

幸福如行云流水，大自然的神韵展现在眼前

天上的云朵，想怎么飞，就怎么飞

草原上的花儿想怎么开，就怎么开

草原上的马儿想怎么跑，就怎么跑

它们的美与生俱来，有一种行云流水之美

内心的草原
奔跑着一朵
春天的花

黎　杰

男，1969年生，四川南充嘉陵区人，四川省作家协会会员，嘉陵区文联主席。其散文、诗歌、小说刊登于《人民日报》《解放日报》《新民晚报》《诗刊》《星星》《绿风》等报刊；出版散文集《我想陪你看风景》等4部，诗集《行且吟》等3部，长篇小说《烽火西路》等。曾多次在全国各级文学大赛中获奖。

对每一棵草敬若神明

鸢尾花一开

风儿便自个儿香了

长柱琉璃草垫高了草甸的海拔

软紫菜藏身于一棵树后

银莲花怀了孕

阿尔泰熏菜起了苔

黄花贝母则隐身于地下

亿万年了，这些草

这些草原的精灵

在时光的空间里虚拟出天空

天空的内心有奔跑的草原

一朵朵春天的花儿

有若塔尔寺舞动的经幡

置身草原，我们必须对每一棵草

敬若神明

策马科尔沁草原

骑上一匹马

跑进天边的科尔沁

就如每一朵金莲花的内心

从一枚枚虚词中

回到故乡

一匹马奔跑出自己的海拔

一条河摇响了佩铃

一朵花清点出沉淀于天空的阳光

马儿御风而行

每一次奔腾，科尔沁草原都给大地

献出一条哈达

一匹马儿有理由选择自由的领地

就如每一朵金莲花儿

都会有自己的天空

一只鹰在草原上飞

在草原，鹰是一片云

而云，是天空的草原

没谁注意

一只鹰，在天空的翅膀上飞

一只鹰，在一朵云的湖心里飞

草原有眼睛，鹰在眼睛里飞

鹰和云在相爱

鹰在自己的影子里飞

云是鹰的思想

鹰是云的针脚

云在鹰的草原上飞

草木之心

一阵风，起于草原的内心

草原的河流是马儿跑出来的小路

许多的阳光、鸟儿和虫子

在路上行走，奔跑

是的，当有一天

我们都拥有了草木之心

便能盛下一幅人间浩大的山水

骑马的人远去

那些草便在天地间无节制地疯长

科古琴山上的松

每一条松枝的身体里

都有涛声

涛声固化

科古琴山上的松仍在生长

生长成满山沉默的石头

科古琴山上的每一棵松都直立着

站成了风的起点

而风正是涛声之源

在山顶上呼啸

风在每一棵松身上

涂上釉彩，科古琴山

就被绿或蓝装饰成一件瓷质工艺品

与鄂尔多斯大草原
有关的情结

许 星

男，1962年生，四川绵阳人。作品刊登于《诗刊》《星星》等刊物，曾获2008—2011年中华宝石文学奖，加拿大第三届国际大雅风文学奖，2022悉尼国际诗歌节诗人奖。出版诗集《顺河而上的花名》等三部。

在鄂尔多斯大草原，倾听花朵的声音

在鄂尔多斯大草原　倾听花朵的声音

与候鸟牛羊和蒙古马的歌喉一样美丽

那些冲动的阳光　长满春天的草丛

穿越我身体的每一个部位

让每一根神经都呼吸急促并感动

面对无尽的春色　我忘记了所有

扭曲的事物　我看见鄂尔多斯草原人

丰满的梦想　正以粗犷的舞姿

与黄昏一起　歌唱她终生不朽的生命

与爱情　肥壮的牛羊　彪悍的蒙古马

把草原晴朗的天空一点点踩低

踩成幸福的底色　只有被蒙古王酒打湿

的翅膀如风吹呼麦　美丽的马兰花

成为　草原上永开不败的子孙

在鄂尔多斯大草原　每一朵云彩都

色彩斑斓　每一只牛羊和蒙古马都是

盛开的花朵　每一个蒙古包都生长

春天或者秋天　每一声长调和

每一缕马头琴声　都流淌着鄂尔多斯

草原人最美丽和抒情的诗歌……

黄昏，一群羊在鄂尔多斯大草原歌唱

躺在八月的芬芳里　我看见蓝天下洁白的羊群

像移动的云彩　与落日一起舞蹈和歌唱

它的美丽打湿了喧嚣的黄昏

打湿了鄂尔多斯大草原被爱情滋润的翅膀

那些干渴和枯萎的心事　与鄂尔多斯大草原无关

生命的水草天空很蓝　阳光的味道很甜很香　牧鞭赶绿

227

的长调和呼麦像一张生活的网　网住了草原的全部

所有的欢笑在一杯杯敬酒中　以粗犷和伟岸　守望并呵护

这马兰花开的日子和岁月的辉煌　鄂尔多斯大草原

我无法找到更合适的诗句来赞美你

我只能凭借我深深的感动和祝福

与你一道牧草丰茂　一道琴声悠扬

躺在八月的芬芳里　我看见洁白的羊群像移动的云彩

与落日一起舞蹈和歌唱　它妩媚的歌声

与鄂尔多斯大草原一起幸福地流淌……

去鄂尔多斯大草原，与一朵云彩约会

在鄂尔多斯大草原上　我以诗歌的名义

铺展蓝天为笺　写一封绿色的信与一朵相思的云彩

八月是草原的春天　缠缠绵绵的阳光

走着我曾经美丽的忧伤　那些行色匆匆的草原人

总是把心动的目光放得很轻很轻　从天空落下的翅膀

惊起八月　一夜马兰的喧闹　或看云朵起舞潮起潮落

与草原亲近　丰满的琴声让我无法闭目去怀想一段

青春的剪影和如诗的岁月　只闻到她娇媚动感的体香

纷纷掉落在地上的花朵　都是草原人钟情的表白

每一朵云彩都是草原的雨　谁躺在如茵的草场看蝶影弹唱

谁站在风中　轻吟昨夜星月　谁又在一米阳光里

披上了霓裳花香　风不说　鸟儿也不告诉我

在我的眼里　所有的云彩都是草原的手语　满地花瓣

不需要人懂　感恩的天空举着白云　也举着光阴和梦想

还有我心中那一缕甜蜜的乡愁

你在清晨递我雕花银杯　我把一壶早茶饮成温柔黄昏

在草原的背影里想些过去的心事　当一匹月光从马头琴弦上

流下　草原人怀中的那朵云彩

是我窗前那盏如虹的灯……

红河印象
——给亚洲象群的回信

杨云鸿

男，1973 年生，云南保山人。采写的各种报道和《象往红河》《红河印象》《今又想你》等关于亚洲象的诗歌在中央和省州媒体发表。出版《老家新安所》《圆梦高歌》等多部著作。

初夏醉人的五月

在全球翘首企盼 COP15 昆明之约的喜庆季节

不背行囊，自由结伴

迎着朝阳，怀揣梦想

你笃定来到这方让你魂牵梦萦的诗和远方

写下了红河美美与共各美其美的壮丽篇章

让世人领略迷恋人文生态醉美红河的模样

择今日鸿雁传书表达对你向往红河的敬仰

曾记否？这条让石屏与元江跨河相望的小河底河

小象历练游泳渡河，曲直宽窄多变的河床

而今看，这里依然是两岸披绿和瓜果飘香的粮仓

更有选宽阔河床护你返乡林草人的守望

曾记否？哈尼族人矻扎扎节的美食和盛装

青山不墨千秋画的绿色生态屏障

而今看，牛达林场依旧是松香气爽

龙韵养生谷等你清心醉氧

大桥的火龙果已丰收在望

九台瀑布的甘泉依然流淌

曾记否？你钟爱大围山热带雨林生态土壤

你想把自然保护区作为新的家乡

而今看，大围山林海云蒸霞蔚宛若仙乡

依然是国家生物多样性的殿堂

曾记否？黄连山是哈尼族敬畏自然的典藏

是滋养世代哈尼族人传承的脊梁

而今看，是中越老三国交界生物多样性走廊

让神秘的哀牢山南延余脉峰峦叠嶂

曾记否？你想试西隆山滇南第一峰呐喊的回响

你想看边境线戍边军民对家国的守望

你想瞧马鞍底蝴蝶谷亿蝶共舞的盛况

而今看，西隆山滇南第一峰依然是坚不可摧的生态屏障

党政军警民大发动依然是守护家园的磅礴力量

马鞍底蝴蝶谷亿蝶共舞依然是红河的炫美乐章

曾记否？阿姆山观音山有因林而生的山泉流淌

是红河哈尼梯田农耕千年延续的秘方

红河迤萨古镇曾充满传奇色彩的马帮

而今看，高速公路架起红河南岸振兴的桥梁

稻鱼鸭和农文旅融合发展路径共享

奕车人地鼓舞传递红河谷瓜果飘香

曾记否？异龙湖畔唱海菜腔姑娘的目光

还有古巷屋檐下炭烤豆腐飘香

而今看，昔日的文献名邦又加冕杨梅之乡

异龙湖因管护提级越发地绿天朗

曾记否？哈尼梯田被千年时光雕刻的田岗

想品尝传承农耕文明的红米纯粮

而今看，哈尼梯田成为绿水青山转化金山银山的典藏

民族山区边疆美丽乡村振兴的战鼓已经擂响

曾记否？象征团结和顺的蒙自石榴难忘

张骞出使西域的壮举让你敬仰

而今看，富民强市的石榴产业持续走旺

节节高升的品牌价值全球独享

曾记否？太平湖森林小镇邀你放飞徜徉

拥抱地绿天朗的山水田园风光

而今看，生态修复可让石山摇变金山的富矿

绿水青山转化金山银山的价值分享

这就是你曾经抵达向往红河的诗和远方

其实红河的诗和远方

是旅途是风光是梦想是守望是向往

只有始终保持热爱的力量，才能成就奔赴山海的信仰

让我们一起

怀揣筑梦的理想，锁定圆梦的方向

共同开启新的远航

绿色之歌

高立鹏

男，1971年生，云南罗平人，副编审，中国自然资源作家协会会员。在报刊杂志等发表作品500余篇；著有自然文学作品集《罗平时光》，农林经济学专著《北京都市型现代花卉业研究》。

森林之美

在这人间四月天

我走进北方的森林

寻找春天的身影

森林刚刚醒来

睡眼蒙眬

瘦的诗人

也不管残雪还未消融

冰河还未解冻

就径自扯起嗓子

歌颂起

那躲在浓雾深处的模糊身影

说那就是春天……

就这样遇见了你

就这样遇见了你

在这枫叶飘零的晚秋

万山红遍

层林尽染

就这样遇见了你

在这落英缤纷的季节

蒹葭苍苍

白露为霜

就这样遇见了你

在这阳光明媚的日子

风儿轻吹

鸟儿低唱

你站在那里

看着我

点头

微笑

眼里含着

喜悦的泪花

"来晚啦！"

我低着头

搓着手

一点窘迫

几分无奈

"不早，也不晚，"

你轻轻地摇头

"与美好相遇

任何时候

都是最好的时候！"

我愿做一株小草

我愿做一株小草

与清泉做伴

与小树为伍

我愿做一朵小花

脚踩厚实的大地

头顶蔚蓝的天空

我愿做一只小鸟

徜徉在森林中

呼吸着雨后清新的空气

我愿做一朵白云

游荡在群山的上空

告诉他们，夏日葳蕤，生命芬芳

秋叶

你是晚霞

静静地守候

这喧嚣的角落

你是火焰

默默地燃烧在

高高的山岗

你是剑

雪雨是你的刃

风霜做你的鞘

划破这冰冷的日子

我们在你的天空里

快乐地歌唱

最好的礼物

无论春夏，还是秋冬

无论冰霜，抑或雪雨

都是

自然给予我们的

最好礼物

那就欣然收下吧

正如这雨天

有风暴，也有宁静

无论年少，还是年老

无论平坦，抑或坎坷

都是

生命恩赐我们的

意外惊喜！

那就坦然享受吧

正如这雨天

有雾霭，也有美景！

告诉你吧！
我是林长

向姝玥

笔名奔月，女，2002 年生，浙江杭州人，浙江农林大学文法学院（外国语学院）本科三年级学生。在《光明日报》《中国科学报》《青年时报》《科技金融时报》等发表报道 30 余篇，参与编辑《浙江农林大学 2022 外宣报道选集》。

告诉你吧，我会变身。

夜里，我是枝头的猫头鹰，是忠贞的哨兵；

睁着明亮的眼，在黑夜中行走。

晨间，我是河边的芦苇荡，是温柔的伴侣；

踏着轻快的步伐，尽情歌唱。

告诉你吧，我会魔法。

我扑灭让人恐惧的大火，赶走令人厌恶的害虫；

与大雾、低温、干旱赛跑！

与狂风、暴雨、雷电共舞！

用尽全力，把大地的绿色死死抱在怀中！

告诉你啊!

我是千千万万个满怀赤忱的林业人!

新时代的东风伴我成长,我将绿色的道路越走越宽!

我很小,小得像一颗种子;

我很大,大得像一片林海。

人们叫我:林长!

新时代林草人

张　婧

女，1994年生，陕西榆林人，国家林业和草原局西北调查规划院工程师，从事林草资源调查监测工作。

巍峨的青山诉说着，你曾丈量的广袤大地

奔腾的河水诉说着，你曾跋涉的大江南北

嘹亮的歌声诉说着，你艰苦创业，披荆斩棘

飘扬的旗帜诉说着，你薪火相传，前赴后继

朝露、晚霞，狂风、骤雨

林草人的身影中，蕴含着生命的炙热

高山、深谷，茂林、荒漠

林草人的足迹里，书写了奋斗的赞歌

泱泱华夏的涛涛林海，记载着对青山绿水的不懈坚守

广袤无垠的壮阔草原，映照出对厚植绿色不变的承诺

创新发展的自我升级，诠释了勇于进取的使命担当

翻山越岭的忘我奔忙，饱含着舍我其谁的家国情怀

我们致敬来路

将绿水青山就是金山银山印入脑海

将生态文明建设写入党章

"十八大"揭开了大规模生态建设序幕

从此有了更清晰的努力方向

国土绿化、天然林保护、退耕还林还草、国家储备林任务有了更

多选项，林草人的目光又投向新的战场

人不负青山，青山定不负人

林草人从来不会退缩，更不会放弃

我们有"黄沙百战穿金甲，不破楼兰终不还"的不屈意志

更有"长风破浪会有时，直挂云帆济沧海"的必胜信念

我们用艰苦跋涉守护莽莽青山

用辛勤汗水换来碧水蓝天

坚信自己会在大地上写下华章

当年的满头花白，如今的意气风华

当年的独自坚守，如今的点点繁星

任大风狂怒，任暴雨嘶吼

绿色的防线从未退后，新的防线已经筑成！

星辰大海，山川河流

镌刻着我们共同的名字

只因我们拥有顽强的斗志

只因我们拥有共同的理想与信念

用我们奋斗的青春

以苦干续写中国辉煌

用实干托起中国梦想

用我们的青春和信仰将生命与绿色黏合

共筑百年事业，建功新时代！

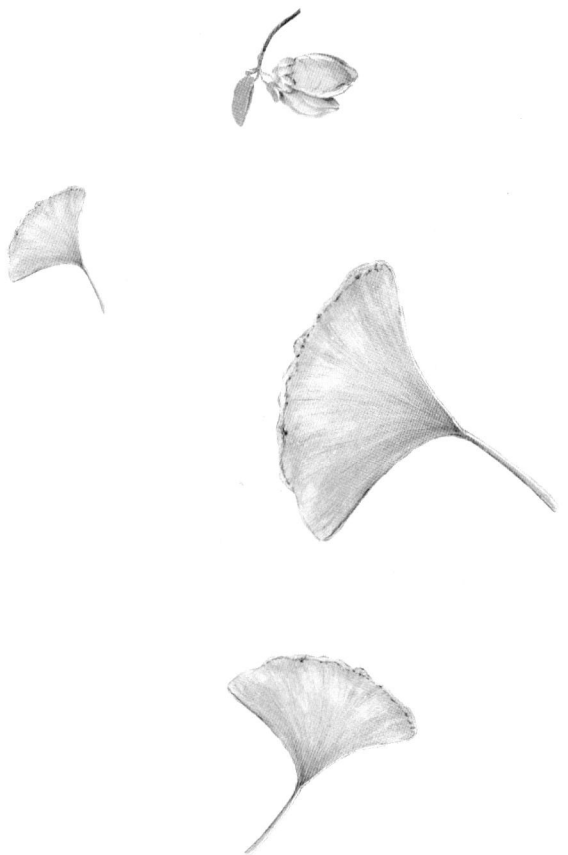

245

图书在版编目（ＣＩＰ）数据

跳动的音符:全国林草诗歌大赛获奖作品选/国家林业和草原局
宣传中心编 . -- 北京:中国林业出版社,2024.1

（"美丽中国"系列图书）

ISBN 978-7-5219-2450-3

Ⅰ.①跳… Ⅱ.①国… Ⅲ.①诗集－中国－当代
Ⅳ.① I227

中国国家版本馆 CIP 数据核字 (2023) 第 217838 号

责任编辑：于界芬　李丽菁　邵晓娟　王宇瑶
出版发行：中国林业出版社
（100009，北京市西城区刘海胡同 7 号，电话 83143542）
电子邮箱：books@theways.cn
网址：https://www.cfph.net
印刷：北京富诚彩色印刷有限公司
版次：2024 年 1 月 第 1 版
印次：2024 年 1 月 第 1 次印刷
开本：787mm×1092mm 1/16
印张：16
字数：166 千字
定价：60.00 元